辛一夫 著

楷书技法精讲

天津古籍出版社

图书在版编目（ＣＩＰ）数据

楷书技法精讲 /辛一夫著.—天津. 天津古籍出.
版社，2011. 1(2012.1重印)
ISBN 978-7-80696-887-1

Ⅰ. ①楷… Ⅱ. ①辛… Ⅲ. ①楷书—书法 Ⅳ.
①J292.113.3

中国版本图书馆CIP数据核字（2010）第248839号

楷书技法精讲

辛一夫/著

出版人/刘文君

*

天津古籍出版社出版

（天津市西康路35号　邮编300051）

http://www.tjabc.net

三河市富华印刷包装有限公司

全国新华书店发行

开本787×1092毫米　1/16　印张9.375

2011年1月第1版　2012年1月第2次印刷

ISBN 978-7-80696-887-1

定　价：19.00元

前　　言

　　从大汶口文化陶器上的"意符文字"开端,以象形为主体的中国汉字书法艺术,一直在变化发展中完善着自身的社会功能和审美取向。甲骨金文之后,小篆取代大篆,之后汉隶通用到东汉末。汉末楷书体的形成和发展,进一步提高了传播信息的功能。魏晋南北朝时,楷书迎来了百花争艳的耀目时期,大江南北各放异彩。隋唐时高峰再起。宋代活字印刷术的发明,加快了汉字的发展,与此同时,也为我国文化的大发展加快速度。到了清代,北碑艺术再次扬其风采。闭目遐思,中国书法艺术在世界艺林中的确是独一无二的艺术瑰宝。它在象形、指事、会意、形声、转注、假借基础上形成的艺术形象,成为中国文化发展和传扬的桥梁。

　　在实用价值和艺术审美的构建上,楷书和其他书体一样有着无限广阔的发展空间,它等待着书法爱好者和青年研习者们去开掘。

　　研习楷书,其技法是入门的第一步,也是关键的一步。本书将师传的经验和自己几十年间的临池体会,诸如笔法要诀、墨法、章法等进行了扼要的讲解,同时,附讲了一些自学的方法。希望有志者能以顺序钻研,勤于笔耕,进而独得关窍而自通。

目　　录

第一章
楷书的发展和沿革

楷书，又称"真书"或"正书"，这是历来对楷书的习称。楷书分为"小楷"、"中楷"和"大楷"，用楷体写成的大字（如匾额、摩崖石刻）称为"榜书"或"擘窠大字"。

自从东汉末年原始的楷书体段发端以来，虽几经蜕变，这个方块形的汉字书体在将近两千年的岁月里，手写和印刷的变体均被广泛使用，直至如今在电脑键盘上传达资讯和迎接科学演进的未来。

一、隶书蜕变为隶楷

远在新石器时代，汉字就从依附于形象的意符文字出现了，汉字书法，在历史的变迁中，人们为了在使用时的便捷，伴随着审美标格的演化和书写条件的限制，在因革损益的规律制约下，在其结体上有过许多次的蜕变。

汉字原创时的意符文字是以象形为基础，因而又是视觉艺术形象的载体，其延展的审美范畴是极为丰富的。

秦以前的大篆（甲骨文字、金器铭文、鸟虫异体、碑额篆书石刻）是小篆的基础。秦末汉初，隶书诞生了，为了书写时的便捷，伴之而来的隶楷（见图1）在下层官隶和人民大众中间广为流传。历史上有人把这种蜕变归为一人之功，（如宋宣和书谱有"汉初有王次仲者，始以隶字作楷书"之说）那是有失允当的。文字的因革蜕变，大多来自人民大众在民间的先导。东汉时，文字学家许慎的观点是"书者，如也"。"书"，指的是当时用毛笔在竹简、木简或茧帛上写字的指向规律。"如"是指文字"取法物象"的属性。也即是近"取诸身"、"取诸物"的外在形式和内在思维内涵，通过书写的文字表现出来。这是个以文字隐寓"象形"的过程，也是我们在书法艺术中追求物象之美的审美标准之一。

图1 汉《帛书》

二、魏晋南北朝时期的楷书

魏晋南北朝(指:汉末建安初起至隋灭陈止),在这将近四百来年期间,历经了三国、两晋和南北朝的政权更替。国家长久分裂,因而动荡不安的局面,却使得学术思潮空前活跃。文学艺术,诸如诗文、绘画、雕刻,空前繁荣起来;书法艺术也出现了大发展的盛况,各种书体趋于成熟,独标风采的书家群星灿烂,在我国的书法发展史上,足可彪炳千秋。

曹魏时期的大书法家钟繇,字元常,颍川长社(今河南长葛)人。他出生在东汉桓帝元嘉元年(151),卒于三国魏明帝太和四年(230),享年八十岁。他在汉魏期间都身居要职,意识中自然是崇尚法度的。无论是博采他家之长,还是"精思"而得自家之法,他对技法的运用是一丝不苟的。张怀瓘说他的书法"幽深无际,古雅有余"。实际上,钟繇精细巧趣的书迹,没有苦心钻研和认真实践的过程是难以达到如此高度的。他精思笔法,要去体现出万象之形,因此说,他的精巧来源于自然。在此,我们也看出三国时期崇尚自然的玄学滋养。此外,他主张"多力丰筋"追求飘逸秀美的风格。梁武帝萧衍称赞他的书法"如云鹄游天,群鸿戏海"。这种慷慨健美的风姿,的确也是"建安风骨"在书法艺术中的体现。

钟繇一生留下的书法杰作十分丰富。楷书中的《宣示表》,相传在东晋时被一王姓妇人纳于棺中而失传。如今我们见到的拓本,是王羲之临本的遗传(见附图2)。另一楷书杰作《荐季直表》的艺术成就(见附图1-1至1-4)令人高仰,也足以证明"楷书鼻祖"之誉绝非虚予。《荐季直表》墨迹早已不存在了,传刻的拓本,即使谓之为明代无锡华氏精刻的《真赏斋帖》,也大多只见骨架、笔画依稀,尚存形影而已。其神韵和风采几乎难觅真容。世间传流的一种墨迹影像本(见图2),虽难以考辨其真伪,但尚可略窥其时代的审美趣味。《荐季直表》的章法及结体的法度,确实是幽游自然独得天趣的;它不安排、不造作,一派真趣流荡于字里行间。其章法疏朗而不散拋,结体宽纵而不失于神泄。这样的艺术效果,来源于书法的高深功力和简穆、平和心境的融和。临池经验告诉我们:技法的运用离不开心灵的支撑。

魏黄初二年(公元221),钟繇已是高龄的老人,其书法造诣已经炉火纯青。为了国家,他向曹丕推荐人才,品格可知。钟繇生于朝代更替、书体变革的时代,在隶书向楷书蜕变的历程中,他是一位有成就的先验者。而后的晋唐楷书的趋向规整,发展到清代的大趋向楷书,齐、平、板、滞的馆阁体(见图3),对楷书整体艺术而言的确是走向下坡路了。无疑的,这要归结为时代使然。而明末清初时,那些倡导北碑风骨再生的书法家们,其功绩和振聋发聩的作用,必将载入史册。这一点,在后面将按分期论述。

距离钟繇的七十三年后,又一位书法大家诞生了,他就是历代奉为书圣的王羲之。

王羲之(303—361,一作321—379),字逸少,号澹斋,祖籍临沂(今山东),后迁居山阴(今绍兴)。他出身书法世家,父亲及伯父王导、堂兄王洽等族人多善书法(参阅淳化阁等丛帖)。自古以来,子不亲授。王羲之幼年从女书法家卫铄(272—349),字

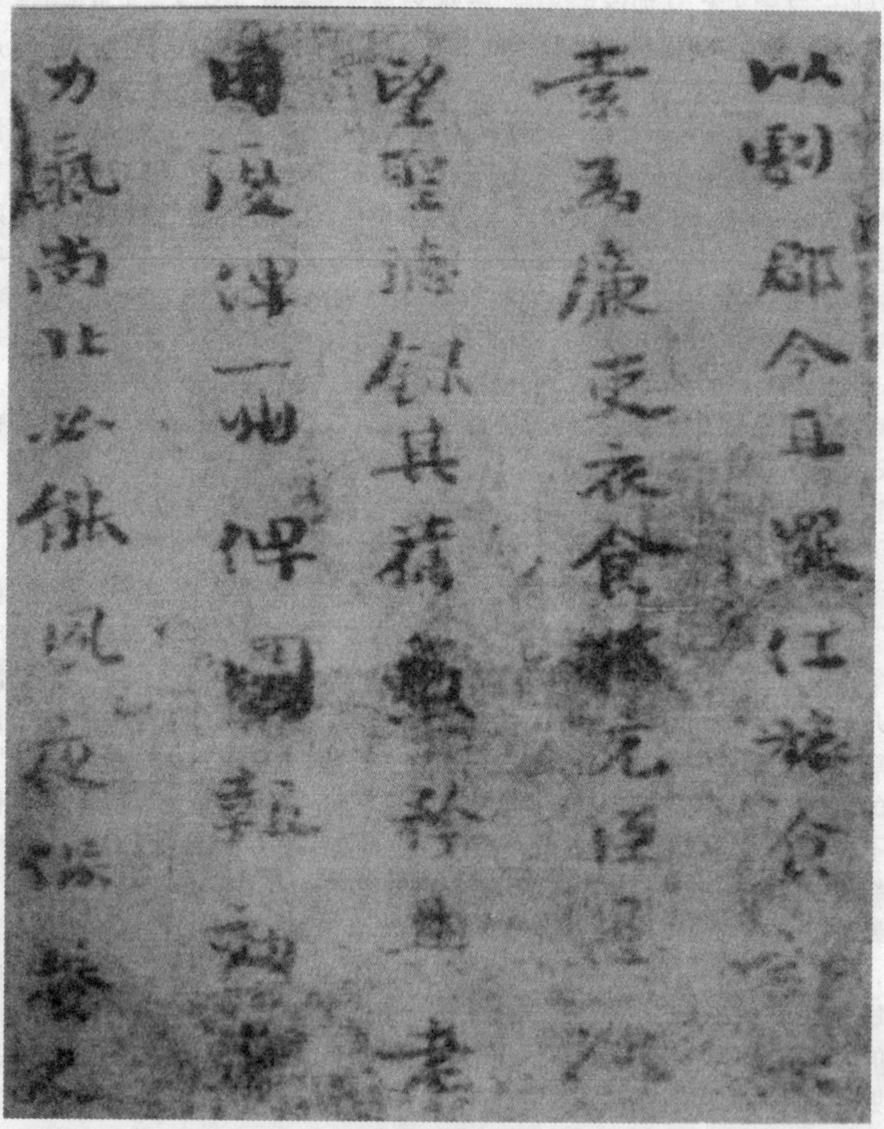

图2 魏·钟繇《荐季直表》墨迹

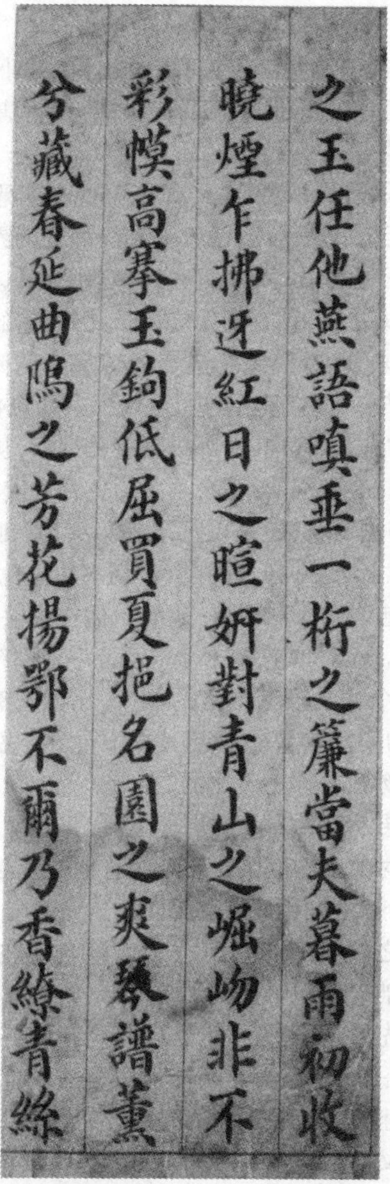

之玉任他燕語嗔垂一桁之簾當夫暮雨初收
曉煙乍拂迅紅日之暄妍對青山之崛岉非不
彩幌高搴玉鈎低屈買夏把名園之爽琴譜薰
兮藏春延曲鴈之芳花揚鄂不爾乃香絲青絲

图3 清代馆阁体小楷《白摺》

茂漪,河东安邑(今山西夏县北)人,学习书法。及长,雅善各种书体。他天资明锐,又善于变化创新。由篆隶而入章草,据传是他的小儿子王献之"章草未能弘逸,大人宜变体"的建议,后来他在"今草"和"行草"上独得大成。如他书写的《兰亭集序》等,从而在书坛上炳焕百代。至于他的楷书成就,由于其楷书遗墨大多失传,只能从传刻法帖中窥其全豹一斑。

传刻中,从王羲之所临写的《宣示表》可以看出,他的小楷尚存钟繇的小楷风规。不同的是,他的笔势力追宽博放达,但略显局促板滞,似为唐楷开了收紧中宫的先河,有端谨过之、遒丽不足之憾。

王羲之流传下来的《乐毅论》(附图3),真传的墨迹难觅,其刻本可见诸丛刻。此本的书法结体舒展多了,笔势委婉秀美,已入平和简静之境界,当为楷模之一。

另一传刻的名帖,为王羲之书写的《黄庭经》(附图4)。是帖,以乌丝栏为界,规整之中,似过拘紧,或为传塌之失,存有真伪之议。此外,它的行气不贯,为小楷作品的大忌。但从此帖的单个字来看,钟繇婉约遒美的炼字逸韵尚存,应是可取之处。《黄庭经》,历史上俗称《换鹅帖》,它的临本不少,后代书家如晋代智永和唐代书法家虞世南、褚遂良等人,在临摹此帖的过程中,大都得到审美启示,从而化出自己的独特风格。这是一种极好的学习方法。有甄别的约取,不失为一种进入楷书门径的切入点。

总观起来,王羲之的书法成就,还是以行草书为突出(如"兰亭集序"等),而管领其书法的核心法度是用"意"。这一点,贯穿其一切书体。他的以"意"论书的观点,在各人创作及评论和鉴别书迹时,其标准是一致的。他在书法审美中追求的是"实而不朴,文而不华"的中和之美。他对单字"一形而众,万字皆别"的要求,是在"意"的变化中完成的。他的"意"是一个含义极其丰富的概念,比如气韵、风姿、格调、意趣、技巧和法则等等,一切下笔时的瞬间措置都囊括其中。他在《书论》中说的"心意者将军也",可谓一语道出机枢。孙过庭评王羲之的"黄庭经"达到了"怡怿虚无"的境界,可以说是评论中的了。我们再从精神高度的层面上看,王羲之(右军)的官职,也是志在报国的仁人志士。尽管当时的玄学世风同样沁润着他的生活,而其爱国情怀在他的书迹中有所显现,溢散出了腾越之势和雄强之美。

东晋时的书法家王献之(344—386),字子敬。他自幼在其父亲王羲之的教导下,奠定了用笔用墨的坚实基础。和一切技法的入门一样,书法技法的幼年功,是十分重要的。初学时有了正确的先导,先入为主的烙印将会得益终生。比如,执笔的方法正确与否,将会决定你在学习书法道路上是否能取得大成。也和游泳一样,游泳姿势和打水动作不正确是游不出速度的。王献之得天独厚的家传历验的笔法秘传,使他幼年时即走上学书的正轨。在父辈的教导下,王献之广泛吸收前人如张芝等人的书法精髓,个人天纵睿智、思敏神超,又善于生发创见。及长,便风格独具了。行书、草书中的"中秋帖"、"鸭头丸帖"已经跳出前人槽臼。这种笔迹潇洒流畅,神驰情纵的风姿,同样在他的楷书杰作《洛神赋》中(附图5),溢荡出超凡的风采和气韵。书家风格的形成,离不开历史大潮的孕育。三国开始,社会在动荡中剧变,各种思潮自由发展。魏晋南北朝时,文学艺术,特别是书法的审美取向出现了大分野。北朝刚劲峭拔,两晋南朝则阴柔华美。我们从曹丕、曹植的文章中,清楚地看到了他们倾向华丽的审美趣味。

王献之在楷书"洛神赋"中有若龙盘凤翔、绵绵曼妙的笔姿,安详舒展的结构,充分体现出他对妍丽的审美追求,也是两晋南朝时倾向于审美的女性化;人格理想趋向阴柔化的时代产物。和他父亲不同的是:他在技法熟练的基础上,追求逸气纵横,流畅自然的艺术效果。一篇作品是一个完整的整体,单个字只是其中不可分割的一部分。这种以意为书、任情为书、一泻千里的状态,达到了毫无羁绊的境界,也为后世的狂草开了预示的先河。

二王的书法成就,为后来人树立起一座令人仰慕的丰碑。东晋人崇尚以个性为核心内容的品藻。将王氏父子相比,二人皆重法度,而王献之的个性更加突显张扬,更加善于变法创新。变法,是在备法的基础上变异求新;如缺乏基本功的自诩法变,那只能是自欺欺人了。积学可以致远,无根焉能花异。

此外,我们知道,在东晋的文人生活中,是为"散"而服食的。丹药服食后,宽袍大袖、踏着木屐去"散"发体内的毒素。这一人物形象,每常使我们想起王羲之。也让我们想起二王的书法。同样的,疑为王羲之书丹的晋人摩崖法书《瘗鹤铭》(附图6)何以如此放达潇洒。答案是:书法作品流露出来的是时代的生活局域和书法家人格化的审美追求。

此外,《晋人写经》(附图7)和《晋砖文字》(附图8)。大多舒展逸放,别具时代风规。

这一时期,南朝的书法面貌大体如上所述。

北朝的书法艺术与南朝的书法艺术相比较,其风格是截然不同的。南朝的书法家,大都在汉末兴起的玄远思维中展露其美学理想。自从公元420年刘裕(宋武帝)建宋到589年隋灭陈,这一南北政权对峙期间,书法风格出现了较大的分野。

一方面,书法风格变化这一文化现象,同样是当代现实生活的表征。游牧民族作为统治者入主中原以后,汉化的剧变伴随着诸多矛盾而产生。鲜卑贵族们,在他们保留其尚武好战、爱好巫术的文化基础上,虽少些思辨性的义理,还是接受了儒、道、释诸种文化,其气格,也濡染得彬彬有礼。这样的人群,为北朝书法风格的形成,带来了一定的影响。另一方面,中原士子们的原有生活习惯改变了。异族政权对他们用而不信,动则试法,以至牵连家族。于是,以家族为中心的小圈子诞生了,他们聚族而居,择族而婚,信仰上,或信佛、或信道。在异族统治者渐渐容纳的基础上,形成了以宗教信仰为主的文化现象。因而,对北朝书法总体风格的探讨,石刻上的书法是重中之重。此外,北朝时的"写经"和"手札"同样不可忽视。

北朝石刻上的楷书艺术——

北朝书法刻石,分为碑版、摩崖石刻、砖塔铭、墓志铭、幢柱和造像题记等。习称的"魏碑体"是指这些刻记的总体书法风格。北朝的楷书宗法索精,书法刚健浑穆、自然天成。在楷体中,对中原古法不离不弃,仍以隶书的笔意为骨,兼取篆书的逸趣并管领其间,自然形成了骨法神理不同的写法。如《龙门二十品》中的《始平公造像题记》(附图9)、《孙秋生等造像题记》(附图10)、《比丘法生造像题记》(附图11)、《杨大眼造像题记》(附图12)、《长乐王造像题记》(附图13)和龙门石窟其他数以千计的造像题记,以及诸如《张猛龙碑》(附图14)、《郑文公碑》(附图15-1、15-2)和《石门铭》(附图16)

等丰碑大碣上的文字，大都体态各异而又风神独出互不雷同。即使晚于北魏的北齐、北周的摩崖刻经和石刻墓志中的书风，同样体现出崇尚自然的审美取向。因此证明，变异总是在地域和时代风气变化之中产生。

魏碑字体，在方笔和方圆兼用的笔法中，同样体现出刚劲朴厚的风格特征。以下分别讲述极具特点的书法风格。

《郑文公碑》石刻，是北魏大书法家郑道昭颂扬其父功德才智的书法杰作（碑分上下，分别刻于天柱、云峰二山）。郑道昭字僖伯，号中岳先生，北魏荥阳今开封人，生年失考，于公元516年去世。他一生以诗文和书法闻名于世，书法的功力和艺术成就，为历代书家所重，有北方书圣之誉。郑道昭为人大度、心胸宏阔、生性散逸，善以诗人的放达气宇悬笔书写摩崖大字。在山崖上以丹墨书写时，全凭悬肘悬臂，功力之深，可以刚键其笔力、拓展其书势，尽情抒发书家的胸臆，达到其昂扬大度的审美预求。这一点在其云峰山石刻（包括：太基山、益都县的玲珑山）和天柱山等处的摩崖刻石的书法杰作中，已经展现出来。其中尤以《郑文公碑》和《观海童诗》等摩崖刻石最为精美。这些杰作在崖石的风化剥蚀下，笔画神采依稀可见。他的用笔之法皆由篆书入，又能广纳古隶遗意。下笔逆入平铺，中锋为主，偶以侧锋摇曳其势。在以体方而用圆，或用方而体圆的变换中，达到筋骨内含的笔法妙用。其书品气韵圆润，章法结构严谨而又宽纵，可谓开一代书风。

《张猛龙碑》立于北魏正光三年（522）。楷书体，撰书人无可考。碑阳存一千一百余字，碑阴镌刻立碑的官吏姓名，碑文颂扬鲁郡太守张猛龙的政绩。碑文的书法俊朗古淡，跌宕起伏，寓庄雅于秀逸之间，集当时南北书风为一炉，为历代书家所重。

摩崖刻石《石门铭》，以斜取势。结构开张，看似不经意的随意抒发，显现着一派无拘无束的神理。实则在笔法运用中，这位书家把篆、隶、楷、草的笔法有机地糅合在一起了，而且达到了如此不露形迹的圆熟，其技法的独出和不拘成法的创新精神，在北朝时已成风气。这一特点，我们在北朝书坛的创作实践中，到处可见。散见的墓志书法如此，多达千数以上的龙门石刻题记，亦绝少雷同。

《爨宝子碑》（附图17-1和17-2）建于晋安帝义熙元年（405年），即北魏天赐二年。因地处边远，原刻建碑纪年"东晋大亨四年"有误。

《爨龙颜碑》（附图18）建于南朝宋大明二年（458），即北魏太安四年。除碑阴题名外，碑阳存有九百余字。

历来称《爨龙颜碑》为大爨，《爨宝子碑》为小爨。小爨的三百来字，可称字字珠玑。小爨用笔潇洒舒放，笔画方中寓圆、外柔内刚，俏拔开张的体态变化无常。他以楷书为本，篆隶的笔意内藏其中。章法奇诡，首尾呼应，气贯全篇而逸美流畅。这种审美取向，可显其书家对流美的追求。大爨的书法气度和品格另有一番架构。如果说小爨秀逸张扬，大爨则寓灵动于浑厚之中，比之郑文公碑和郑道昭的其他刻石则规整凝重而不失峭拔。二爨书法艺术的成就和审美标格，杰出于六朝是当之无愧的。

北朝时盛传佛教，经文摩崖在北齐、北周时兴盛一时。其精品佳作多在山东，体式以摩崖为主。在经幢、经牌里，其书体的风格也多以安详圆融、静穆沉厚的气韵为主。至于摩崖字体有时扭曲，那是在悬崖边上书写径尺以上大字时难以避免的。这些巨制,在苍茫的山林中展现的意韵,使书法艺术超出技法的管领,在朴拙中,有了异样的升华。

三、隋唐时期的楷书

隋

六世纪末,东魏和西魏对立的局面形成了。其时,西魏汉化较弱,而东魏较强。当北齐取代东魏、北周取代西魏以后,北齐反而被北周所灭。到了公元581年,北周亡,周的相国杨坚受周禅,建立了隋朝。

隋立国的三十多年间,思想、文化以至艺术风格尚未定型。一些文人艺术家,承周跨唐,同立三朝。书法艺术面临的只能是过渡期,之前,南北书风迥异,短时间极难出现"月挂弧光、彪炳当代"的大书法家。只有王羲之的七世孙智永和尚(号永禅师)的书法,因传家法,独标当代。智永有《真草千字文》和一篇《题右军〈乐毅论〉后》的题记传世。他的书法虽精熟过人,但乏善独家面目。但是,他的承上启下作用,却是功在千古的。跨唐的虞世南,是智永的弟子,为书法艺术的传承,开启了唐朝的一代书风。此外,隋朝的一些碑刻和墓志的书法,也各具特色。

《龙藏寺碑》(附图27),隋开皇六年(586)立。原碑在河北省正定的龙兴寺,其书法面目承接南北朝的风格,也为唐代开启了先河。其气宇宽博中和、结体方正雅逸、笔画刚劲,因无书法作者姓名,后人有疑为智永书写,但以此碑笔画硬挺的笔姿相比较,似为牵强。对初学楷书的人,此碑应为上好的范本之一。

《董美人墓志铭》(附图28),隋开皇十七年(597)立。蜀王杨秀撰文,书丹者姓名不载。此墓志的书法端秀雅逸、妍美明快,历代多为喜爱阴柔美的书法家所至爱。明代女书家黄媛介(附图65)的书法,即从这个墓志入手而兼取虞、褚之长。

《苏孝慈墓志铭》(附图29),隋仁寿三年(603)刻,无书写人名姓。此志的书法意度谨严、笔法劲健而端丽,笔画寓方于圆、神采焕然。唐初书家多取其法,到了清代的馆阁书体兴起,取其方正而失其飞动的神采,一味走向齐平板滞了。临写此碑时,当为之戒。

《隋人写经》(附图31),隋接六朝风气,笃信佛教的人很多。因此,书写佛经不仅仅在寺院中,民间也多出书手,而且,那些杰出书家的杰作留传在世的很多。由于纸质难以保存,甚至盗取贩卖,如今存世瑰宝已是凤毛麟角。学习小楷的人,如有机缘以"写经"为临写的范本,将会得益匪浅。

唐

初唐时,这一新王朝,表现出了雄阔的气度。其志向和豪情,在诗文和书法理论中表现得尤为突出。比如虞世南在他的《笔髓论》中说:"文字,经书之本,王政之始也。"这一艺术上的认知,表明初唐书家们,已经开始接受儒家的入世思想,关心国家的兴衰,期望和平盛世的到来。这在魏晋六朝时代的书法史上,不曾出现过。

书法家们的这一见解,已与唐太宗的文艺要对政教有益的主张相同。

虞世南(558—638),字伯施,会稽余姚人(今浙江余姚)。他在其《笔髓论》的"辩应"中说："心为君,妙用无穷,故为君也。手为辅,承命竭股肱之用,故为臣也。力为任使,纤毫不挠,尺丈有余故也。管为将帅,处运用之道,执生杀之权,虚心纳物,守节藏锋故也。毫为士卒,随管任使,迹不拘滞故也。字为城池,大不虚,小不孤故也。"由此看出,这些比喻,已道出他在写作中寄寓的意向"忠君守法,公俭勤政"。这一对书法艺术创作中的美学追求,同样是要突出刚健雄强、中规中矩、一丝不苟的时代精神,应该说这也是那个时代整体性的美学思想在书坛上的反应。此外,唐代的教育和科举制度,也在直接影响着楷书的时代风格。于是,形成了挺拔刚劲、端雅遒丽的一代书风。

《孔子庙堂碑》(附图32-1 和 32-2)是虞世南的楷书杰作之一,碑文和书法皆出虞世南之手。其文精墨妙,是当之无愧的。碑刻文字已下真迹一等,尤可见到作者书丹时的端谨神态。碑文的字里行间,也流露出作者在实践着自己的悟道观,即"心悟于至道,书契于无为"的审美追求,达到了思逸神超的境界。

《化度寺碑》(附图33)唐贞观五年(631)镌刻。李百药撰文,欧阳询书丹。

欧阳询(557—641),字信本,谭州临湘(今湖南长沙)人。入唐官至太子率更令。他的楷书造诣,后人奉为极品。他早在隋朝为官领修《艺文类聚》时,即以雅善书法而闻名。他为人耿直率真,天资颖悟过人,读书能数行俱下。楷书技法,谨守王羲之的法度。在他的理论著作《八法》、《三十六法》中,有将王羲之法度精细化的追求,并在自己书法作品中加以实践。这一点,在此碑和其他作品如《九成宫醴泉铭》(附图34)和《虞恭公碑》(附图35)的书法中,可以窥见其风貌。

褚遂良(596—659),字登善,钱塘(今浙江杭州市)人。官至河南郡公。他的楷书已集隋唐诸家之长,从《龙藏寺碑》入,继而醉心实践着王羲之的楷书法度,又紧追欧阳询的楷法。中年后,形成了自家风度。他的楷书清丽温雅、挺拔开张,寓端谨于萧散之中,有"字里金生,行间玉润,法则温雅,美丽多方"之评,《雁塔圣教序碑》就是其楷书代表作之一。《雁塔圣教序碑》为李世民撰文,褚遂良五十九岁时书丹,此碑笔画清劲婉约,行笔流畅,较之他的《孟法师碑》(附图40),略参以行书笔意。附图的《雁塔圣教序碑》(附图39 为明代中叶时的拓本),笔画略显细瘦,这是碑刻经后代频繁锤拓、字口收紧的表征。鉴赏、学习时应予甄别。

《倪宽赞》(附图41)传为褚遂良书(亦有人认为是欧阳询书)由于年代久远,真伪无据可考。细观其笔画中,时有柔软乏骨,或显露跳闪之笔病,临习时,应该细心地甄别。历代至今,追求其书风的楷书作者,已有误陷其病以丑为美之例,当为之戒。

中晚唐时,名家辈出。举例如下:

《道因法师碑》(附图43),欧阳通书丹。欧阳通(？—691),字通师,潭州临湘(今湖南长沙)人,书法以其父亲欧阳询的法度为宗。幼年时,欧阳通在母亲的教导下,钻研自家法度之外,广泛吸纳六朝以及隋代书法家的用笔方法。其结体,中宫紧利、圆画方出、瘦硬刚挺、起笔峭拔、横画收笔时,末锋翘爽而得飞动之姿;结字又善取仰势,给人以丰神奕奕的飞动感。而这些在书法技法上的独创,恰恰也是呼唤大唐盛世即将到来的时代精神的写照。

颜真卿(709—785),字清臣,祖籍琅琊临沂(今山东临沂)人。曾居官平原太守,封鲁郡开国公,世称颜鲁公,是中唐时期俱有独创精神的书法家。《书林藻鉴》中说他："纳古法于新意之中,生新法于古意之外。"《多宝塔碑》(附图44)是颜真卿的代表作之一。他的楷书,气度开朗挺拔,笔力劲健开张。他为人忠贞耿介,在他的书法作品中,一股凛然正气油然而生,可谓书如其人。正是由于,他的书法风格是其人格化的托现,每篇作品都是随感而发,所以,他的每篇书法作品面目各异。如《多宝塔碑》的肃穆,《东方画赞碑》(附图45)的幽游平和,《颜勤礼碑》(附图46)的舒展深厚,《麻姑山仙坛记》(附图47)的端谨颖逸,《颜家庙碑》(附图48-1和48-2)的笃实庄重。意韵发自心田,书法技法只是被其依托的小道,这才是书法作者应有的追求。

柳公权(778—865),字诚悬,京兆华原(今陕西耀县)人,晚唐杰出的书法家。书法从王羲之书法入,继而宗法颜真卿,在其笔法中,参以北碑之中的峭拔骨健、峻朗劲爽的笔意;其结体,中宫收紧,撇、捺紧利而收,形成了刚健华瞻、俱有阳刚之美的自家风格。一时成了学书所取的正宗,至今,也不失为初学楷书者的楷模之一。

柳公权的传世楷书碑刻《玄秘塔碑》(附图50)是其代表作之一。此外,《神策军碑》(附图52)虽年代久远、石花太重而影响笔画,但其首行、第二行的字迹还是多有可取的。其他如他书写的《符璘碑》、《金刚经》(附图51)和《礼晟碑》等碑刻,除翻刻的拓本外,也为珍贵的参照之资。

《朗官石记序》(附图53),是唐代被誉为狂草圣手张旭楷书的唯一碑刻。张旭,字伯高,生卒年不详,唐吴郡(今江苏苏州)人。初仕为常熟尉,后官至金吾长史,世称"张长史"。此碑刻于唐开元二十九年(741),陈九言撰文。张旭的这一杰作,书法雍容宽纵,宁静安和。已和他的奔放狂草形成鲜明的对比。书家的以体为用,依意管领的临池功力何等精能。

《唐人写经》(附图55)。珍贵的唐代写经遗存,多出于敦煌。敦煌地处边远,气候干燥,又远避天灾人祸,才有幸地得以保存到今。写经的书体"经体",以楷书为主(有的偶或参以行书笔意),多为抄经的书手或善男信女(不乏精能的书家)所写。书法风格,继六朝写经遗绪,广纳诸家之长,用笔逸美舒放,体现出丰富的诚笃心态和艺术的内涵,在中国书法史上居于重要的一席,也为我们研习小楷提供了丰富的审美范例。

四、宋元时期的楷书

宋

公元960年,宋太祖赵匡胤取代北周,建立了赵宋王朝,他和其弟宋太宗赵光义用了将近二十年的时间,结束了五代十国时期分疆裂土的局面。国家统一了,虽间有外敌相扰之患,但内部逐渐稳定下来,带来了宋朝的大繁荣。科技上,印刷术、指南针、火药和"交子"(纸币)的发明,特别是活字印刷术的发展,促进了知识阶层的扩大。在朱熹的倡导下,理学为世所重,科举制度的完备及文风兴盛,也使儒学重新取得了独尊的地位,从而造就了士大夫阶层内向的、精致的性格特征。中后期文坛上,宋画的优雅、文章的细腻以及宋词的柔婉,词坛虽有苏轼和辛稼轩豪放派的出现,然而,词作的主流依然是李清照的余音缭绕。

时代使然,宋代文人在这样的文化气氛中,造就了闲适的心态。在书法艺术中,出现了"尚意"的书风。词人姜夔在他的《续书谱》中标举"丰神"说,他强调寓"丰神"于变化灵动之中,集中体现了宋人尚意的书法美学思想。但其理论丰赡,而实践索然。姜夔《跋王献之保母帖》(见图4)有宋一代,对楷书的高峰乏人领军探索。苏、黄、米、蔡四家也皆以行书名世,而乏善楷书名作流传。

《宁州帖》(附图56)司马光书。司马光(1019—1086),字君实,号迂夫。楷书传魏晋楷法,结字沉实,用笔紧利,内含风骨,不失为"尚意"的一篇代表作。

《千字文》(附图57)宋徽宗赵佶书。宋徽宗,名赵佶(1082—1135)。此作为其独创的"瘦金体"。他早年书学唐代的书法家薛稷,后兼取黄庭坚的开张书势,独创了瘦金书体。整幅作品有如游丝行空,十分灵动。《秾芳诗》(附图58)和他的《宣和御书》碑文(附图59),更加奔放开张,一派独尊而张扬的气度。

元

元灭宋以后,元世祖为了维系其统治权力,对汉文化采取了较为宽松的政策。为了让其子孙们广收以汉字结成的文化知识,他自己也非常重视学习汉字书法。在诸多书法家中他十分喜爱赵孟𫖯的书法。赵孟𫖯尊二王法,是主张复古的,在他们的影响下,复古之风成了元代书法的主流。

《汲黯传》(附图60)赵孟𫖯书。赵孟𫖯(1254—1323),字子昂,号松雪道人,湖州(今浙江吴兴)人。他擅长各种书体,以行楷书为精能。此幅楷书作品,结体舒放,笔法俏拔,可见二王遗韵。

五、明清时期的楷书

明

洪武元年(1368),朱元璋在南京建立了明王朝,他继续把程朱理学奉为安邦治国的主导思想。继而将乡试、会试的四书义理,以朱熹的《章句集注》为依据;经义以程颐、朱熹及其弟子的注解为标准。朱棣迁都北京后,更进一步编纂《五经大全》、《性理大全》和《四书大全》,颁诏天下,确立了程朱理学的独尊地位。

于此,明代中前期的书法艺术与社会上的理学思想同步发展着。楷书,逐渐形成了以沈度、解缙等人为代表的风格稳重、气派富丽的"台阁体",这和文学上的"台阁体"如出一辙。

《敬箴》(敬斋箴中的一节,附图61),沈度书。沈度(1357—1434),字民则,号自乐,华亭(今上海淞江)人,以精于书法而入翰林。其楷书风格平和简静、圆润端丽,时称"台阁体",为皇家所重。

《晋州乡贤词残碑》(附图62),书法作者已佚其名,明嘉靖时人。书法方正秀逸,仍存台阁体的形影。

明代中期,江南一带的文化宽松,经济日趋繁荣。一些热衷于抒发心灵的书法家们,在市民的审美意识土壤中滋生并发展起来。"吴门派"书法家们,如祝允明、文徵明和王宠等人,以刻意追寻古意的方式,去打破"台阁体"的束缚。

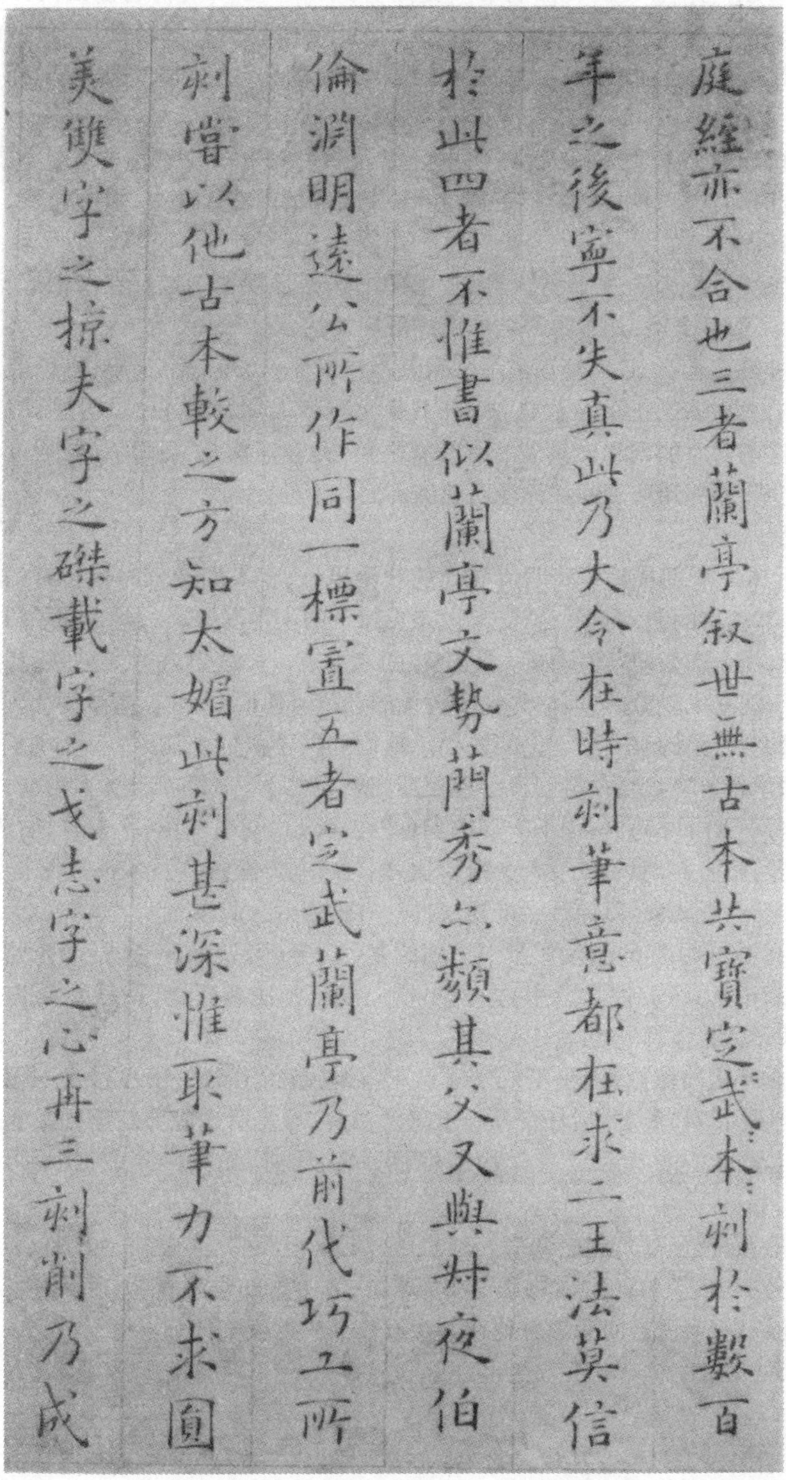

庭經亦不合也三者蘭亭叙世無古本共寶定武本刻於數百

年之後寧不失真此乃大令在時刻筆意都在求二王法莫信

於此四者不惟書似蘭亭文勢間秀六類其父又與抖夜伯

倫淵明遠公所作同一標置五者定武蘭亭乃前代巧工所

刻嘗以他古本較之方知太媚此刻甚深惟取筆力不求圓

美雙字之掠夫字之磔載字之戈志字之心再三刻削乃成

图4　姜夔《跋王献之保母帖》

《赤壁赋》(附图 63),文徵明书。文徵明(1470—1559),初名衡山,长州(今江苏苏州)人。善各种体书,楷书宗钟繇和二王。此幅作品俏爽流畅,以其独特的审美追求,透显其楷法的雅丽多姿。此赋书法已脱离"台阁体"的拘谨气息,是其楷书的代表作之一。

《临黄庭经》(附图 64),祝允明书。祝允明(1460—1526)字希哲,号枝山,长州(今江苏苏州)人。楷书从钟繇、王羲之入,兼取虞世南法。此书,古朴雅逸,已得王献之的楷书风韵。

明代晚期,董其昌、王铎等人,以其新的书法面目领军书坛。在楷书这一书体中,书家们为了彰显个性,其作品的结体更加舒展放达。

《洛神赋》(附图 67),董其昌书。董其昌(1555—1636),字玄宰,号思白,华亭(今上海淞江)人。宗二王下及唐人法,善书画及行草。董其昌主张"明还日月,暗还虚空"的师法与师心的调和。其楷书取诸家之长,沉着顿挫,工巧舒放,自成家法。明末时与张瑞图、邢侗和米万钟并称晚明四家。

清代

公元 1644 年明代灭亡。明清易代的政治风云,将人们卷入时代特有的旋涡。书法家们用其独特的艺术心灵,感受着世态炎凉下的人生况味。一些人为了科考去逢迎仕途经济,黑大圆亮的"馆阁体"(见图 3)随之形成。一些学人适情遣兴,在实证风气的影响下,演变成以考据、训诂为主要特色的学风。他们对秦汉、魏晋南北朝金石文字的考证研究,已是碑学书法理论的先导。他们和帖学派的书法家们,形成了帖学与碑学之间的学术争鸣。复古与创新已经相互交融。

《心经》(附图 68),傅山书。傅山(1607—1684),初名鼎臣,字青竹,后改字真山、青主。山西阳曲(今太原市)人。精研医术,工书画,善行草。入清后隐居屈武山不仕。楷书展逸舒放,已得钟繇之神髓,自成一格,为后人所重。

《封禅书》(附图 69),何绍基书。何绍基(1799—1873),字子贞,号东州。湖南道州(今湖南道县)人。博学善书,尤精小楷。早年师法颜真卿,后锐意高古,精研篆、隶,得朴厚气韵,独具风规。

《隐幽亭赋残稿》(附图 70),辛家彦书。辛家彦(1826—1898),字蔗田,天津人。清同治甲戌(1874)翰林,后任帝师。工辞章书画,母丧后逸隐津门不仕。善行草书和篆书,精音韵学。楷书宗"二王"法度,潇洒逸荡,力避"馆阁"习气。此小楷残稿为其进学前所书。

《楹联》(附图 71),赵之谦书。赵之谦(1829—1884),字益甫,号扔叔。浙江会稽(今浙江绍兴)人。他的绘画和篆刻极为精妙,其书法初学颜真卿,后转师北碑。得北碑的俏劲风姿,字里行间逸散着他在其金石作品中的流美气韵。

第二章

基础知识

一、研习楷书的程序

1. 大楷入门

研习楷书，应该从学习大楷入手。幼年时（或中年自学者），为了打好基础，先从临摹大篆（如"盂鼎"铭文）和汉隶（如"夏承碑"、"曹全碑"、"史晨碑"等汉碑）开始。而后，再选择几种魏碑（如郑道昭的书法"郑文公碑"，"始平公造像题记"等）和唐碑（如"九成宫醴泉铭"、"孔子庙堂碑"、"颜家庙碑"、"神策军碑"等）。于此，既能一以贯之，洞悉了汉字书法的发展源流；又能加强了腕力，从而能以展开书势。为了展其才，在石壁上悬臂书丹，在卷轴上小楷耀彩。

2. 擘槽大字展势

自古以来，对摩崖书丹的一两米以上大字称为"擘槽大书"。在碑阳或碑阴上书写碑文多为大楷，在墓石或石刻题记上多为中或小楷。书写擘槽大字，没有悬肘、悬臂的功力是根本办不到的。试想，悬起肘来，已经颤抖，若再悬起臂来，书难成体了。

试看《泰山经石峪金刚经》，其书势是何等游走开张。书丹人的书法基础是十分牢固的，也是他能以展其书势的验证。笔者幼年时，见到过写在寺庙墙壁上的大字照片。字大约三米，（书家把扫帚修剪成抓笔写成）笔力刚挺，丰神奕奕。这一课，鼓励我在四块方砖拼砌成的台子上，执抓笔临写篆书，经年不稍懈怠。这仅只是笔者学习时的经验而已。志于此者，可一验。

3. 中楷聚精

经过大楷、榜书（如匾额等大字），以及擘槽大书的研习之后，再去研习中楷的结体和笔法特点，可以集聚楷书的精髓，仍然应该悬肘悬腕。在中宫收紧、外沿舒放的结体上，进行精细的体验。中楷的范本很多，诸如《李清言碑》、《龙藏寺碑》、《董美人墓志》、《苏孝慈墓志铭》及《道因法师碑》等。在其中，取与个人审美取向相合的临摹。在广收博采间，自能独创一格，卓然成家。从而，也为小楷的研习，开启了门扉。

在研习以上三种楷书时，都必须悬着肘、腕书写；摩崖作丹书时，又要悬起手臂。《伏生校书图》等历史资料明证，唐代中叶以前没有高腿桌子，古人书写时，不论面对墙壁或席地而坐,都必须悬肘、悬臂。他们书写的简册或后来的手卷,都是从两头向内曲卷。其姿势是:左手执纸卷,右手悬空运笔。这种姿势能使书势开张游走,写出气势磅礴、遒劲灵动的作品。对此,我们很有必要细心体会个中道理,把它继承到手。

4. 小楷妍妙

在小楷这一书体上,要想达到"妍妙"的水平,是要下一番工夫的。首先说不能悬腕,字势无法开展舒张。字势的开张,来源于舒展的笔法,如果手腕不能悬起,而是压在桌子上运笔,书势又如何展开? 只有书势展开了,才能把心源和技法结合起来。我们知道,没有心源逸荡的管领,其字只是技法的躯壳和架子。"妍"指"美","妙"指"精绝"。小楷作品不达到精美妍妙的意境,只能是以丑为美者的追求,那只是笔下无能的一种掩盖。

上起两晋,下迄如今,善于小楷的书家,不胜枚举。有的名显而不符实,有的书品高而不事表暴,为世所掩。还是应以取钟繇和王羲之、王献之法为上选。如果能够兼收南北诸家之长,博学约取,当可创立新格,自成一家。

二、临池备要

1. 身姿

榜书和摩崖大书,必须站立着书写。创作"立轴"、"横披"、"长卷"、"扇面"、"斗方"等作品时,必须取坐姿。在内心平和的管领下,要身正、笔正、腕悬、意气自若,书法才能将意蕴形于笔端。心浮气躁,只能是乱涂绢素而已。

2. 执笔的方法

经验告诉我们,执笔的方法正确与否,会决定你能不能取得高深的书法造诣。身正、笔正、腕悬之后,执笔的手指分布也必须得法。楷书的运笔要圆中寓方或方中寓圆,必须中锋运笔略有偏侧。在笔的运行中,仍应保持着中锋在衄挫中运移,而那些侧着笔锋把魏碑书体字写成扁如木片的笔画,是大错特错的。

在有些典籍中,对执笔的方法故作玄虚,诸如"回腕法"、"拨镫法"、"凤眼法",以及更加不科学的"单包法"等等。试想"用两个手指执笔,指力、腕力、臂力乃至全身之力,又将怎样注于笔锋? 正确的执笔方法,应是五指齐力而守中。

大拇指——大拇指的作用是从外向里,用力顶住笔管。其在笔管上的位置,站立书写时靠上,端坐书写时略下移。大拇指按住笔管的位置,在食指和中指之间。

食指——食指压住笔管。食指的指甲左侧和关节同时用力向内勾压,其力度要和大拇指的顶力相同。

中指——中指配合食指和大拇指,在笔管的内外两侧同时用力压紧。其力度:端坐书写时,与大拇指的顶力和无名指的托力相等;站立书写时,与大拇指的顶力和二指的勾力相等。

无名指——无名指的作用,是要协助大拇指从内下方托住笔管。

小指——小指在无名指后面力顶。它和无名指合起来的力度,应和大拇指的顶压力度相等。

图5 端坐书写时的执笔姿势

图6　站立书写时的执笔姿势

总之，五指是在指实掌虚的情况下分工合作的。笔管被手指捏紧，再加上腕力，笔在手中是牢固的。但是，手指不能捏得过于僵硬死板。假如紧紧钳死笔管，你的内在活力便无法发挥了。执笔正确了，指力、腕力、臂力，乃至全身和内力才能贯注于毫端。

此外，坐姿、立姿的不同，执笔的方法和手指的分布位置，应该有所变化。再有，使用较大的提斗抓笔时，不应拘于以上的方法，可用虎口钳住笔管与笔杆交接处，五指抓住笔斗，方能挥运有力。

以上执笔要领，并非定法。希望研习者在指实掌虚的原则下，根据自己的临池体验不断改进，以期实用而完美。一切高深复杂学问的最高原则都是简单的，但却是经过许多学者的辛勤耕耘，在实践中不断总结经验而得来的。执笔方法也不例外。

3. 运笔

执笔得法以后，要怎样挥运毛笔，才能使之万毫齐发、行转自如，从而在书法作品中，传达出心灵的呼唤并完美地体现出预选的审美追求，这就要深入地探讨其运笔的方法了。

相传，王羲之在他的《笔势论》中说宋翼作书"每作一波，常三过折；每作一点，常隐其锋而行之"，这即是表明，点、画的完成，绝不是率意的一抹。当前，有的书法作者，以饱蘸墨汁的笔尖，拖抹出笔画，圆笔似也丰润而无神理，方笔以笔尖抹出的片状死画，自以为出自"魏碑"笔法，真是误己欺人。

唐代书法理论家孙过庭在他的著作《书谱》中说："一画之间，变起伏于锋杪。"即笔画是在往复提按中行进的。不仅如此，笔画应该是有生命的载体，任何死物的象征，应该一概排除。历史上曾有人创造"捻管"运笔的方法，实属荒诞。运笔时，笔力是发自臂、肘而达于手腕、指尖的。笔在两指的捻动中进行，力又从何而生？初学者，对此不科学的运笔方法，应该远离。

运笔时的速度，决定于书写者的临池功力。初学的人一开始应该在缓慢上下工夫，当你运笔时必须对起伏、衄挫的方法熟练后，再去加强速度。书写的快慢，又是在情绪的变化的管领下，以及对章法、笔法、墨法诸多技法的驾驭熟练程度来决定的。

倘若你的运笔达到笔笔见法度、字字巧安排、篇章富立意，自然可以纵横自如。

三、楷书的结体和笔顺

1. 结体的顺序

楷书的结体，基本上是在方框中进行的。因此，每个字都以中宫为中心点，书势向四周放射。横画从右向左、竖画从上向下，撇画从右斜下，捺画从左斜下，横折弯直下，点画依势为之。晋人（一说为王羲之所创）把楷书笔画之间的关系归结在"永"字的八个笔画之中，称为"永字八法"。

"永"字从起笔的一点到最后的一捺，互相关联，彼此照应，从而使得全字的脉络通畅、神聚一体。

"永"字(见图7),由八个笔画组成:

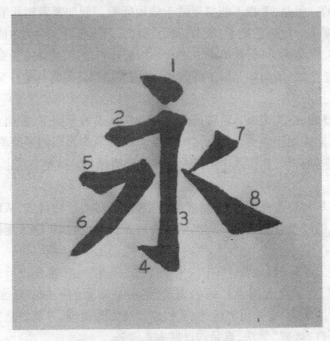

图7 "永字八法"图

(1)"点"为"侧"(见图7中"1"),侧是倾斜将倒的形态。如巨石在山头雄踞而侧立,如飞鸟之侧坠。"点"须斜卧,取险劲之姿,斜势而收才能与下边的笔画相照应。

(2)"横"为"勒"(见图7中"2"),勒如骑手以缰绳勒马。书法的横画极易顺笔抹过。"勒"即是在衄挫中缓行,如果顺势滑走,必然轻飘无力,神采全失。

(3)"竖"为"努"(见图7中"3"),努指力藏其中。中锋运笔,向下方、在衄挫中挺进。要力避枯直僵立而乏神采。

(4)"钩"为"趯"(见图7中"4"),趯为跃起状。如跃起前、必以蹲势蓄力而发力上举。楷书中的钩,可出锋或蕴藉而不出锋,这依书法作品的审美取向来决定。

(5)"提"为"策"(见图7中"5"),策如用鞭子催马前行。策其奔跑、必扬其鞭。此一笔画,为上扬状。力上提,而力到神出。其主旨在于提跃字的神采。这一点,本书将在"笔法要诀"中详解。

(6)"撇"为"掠"(见图7中"6"),掠为快捷、爽利。行笔时,潇洒流畅而又劲健有力,毫无飘浮之感。才是成功的一撇。

(7)"短撇"为"啄"(见图7中"7"),啄指飞禽啄食。行笔劲健有力、迅捷峻利。以耀其神。一如画之点睛;激活全篇。

(8)"捺"为"磔"(见图7中"8"),舒放而劲利的一捺,是由回锋后,提而下注完成的。要沉着、大度。爽捷而意态超然。

2. 单字的示范

(1)行

(2)和

(3)绝

(4)不

(5)之

(6)段

（7）州

（8）君

（9）故

(10)将

(11)晋

(12)军

（13）母

（14）太

（15）石

（16）答

（17）麻

（18）姑

（19）书

（20）潘

第三章

书法技法

一、楷书的笔法要诀

在永字八法的基础上，为了追求更加完美和体现个人独特风格的美学需要，还有一些流传有绪、较为细腻的笔法，讲解如下：

"笔法要诀"是前代书法家们，经过多年的临池钻研体验并总结出来的笔法诀窍。自古至今，师传的方法大多只是口传手授。而且，历代有成就的书法家们，多对自己的临池心得体会视为珍秘。面对这样的保守思想，又无系统的完整笔录广布流传，因此无师承的自学者，根本无法得到这些极其珍贵的用笔诀窍。即使闻得片言只字，苦于无师亲授，要想探求到其中的珍秘是极其困难的。

下面，举出例子，分别讲一讲作者亲得的几种笔法要诀：

1. 落

在楷书这一体段中，落笔的一瞬间，都必须逆锋而入。取圆笔一路，如下面图例"之"字的起首"点"，"终"字的末笔"点"，"不"字的末笔"点"，"而"字的下注"点"，都必须下笔力度大，有如巨石坠落。寓方于圆，沉实有力，而不肉柔、木讷。

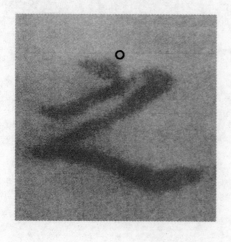

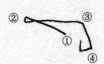

之

"①"处逆锋而入；

"②"处快速裹锋后速按；

"③"处中锋下压；

"④"处按压后空收。

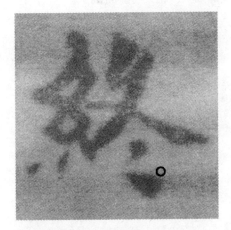

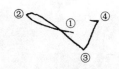

终

"①"处逆锋向下而入；

"②"处裹锋后下按；

"③"处提笔中立；

"④"处按压劲收。

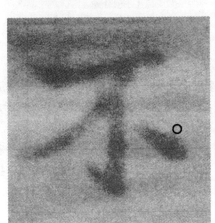

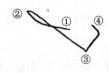

不

"①"处逆锋斜上；

"②"处提后裹锋；

"③"处中锋压后右提；

"④"处逆上挑、回锋爽劲。

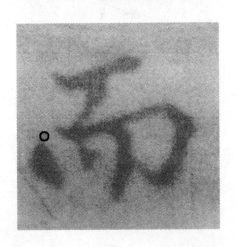

而

"①"处逆锋快速挑上；

"②"处中锋下注；

"③"处略停；

"④"处中锋逆行上挑。

取方笔一路,如图例"母"字的下注斜收"点",收锋时向右下方一带,既和下笔裹锋相照应,又带活了这一空间。这也是"落"和"提"、"活"互参的例子。

母

"①"处逆锋而入;

"②"处回锋向左下压;

"③"处衄挫中下按;

"④"处上挑回锋。

2. 提

落笔以后,虚提笔管谓之"提"。虚提的速度和分寸,要以得到"抽丝"、"拉筋"的感觉为准。如下面图例"遗"字的横折弯的竖画,如果不用"提"法,这一竖画便形成了僵死的一笔,"遗"字的俏拔感便荡然无存了。

再如图例中的"也"和"冀"字的横画,同样是运用"提"的笔法书写,从而使得笔画不僵。字态不死板而产生了活动的气息。图例中的"为"字,画圈处用的是"提"、"活"配合兼用的笔法。试想,不在"提"中兼以"活"法,则此区域便僵滞了。

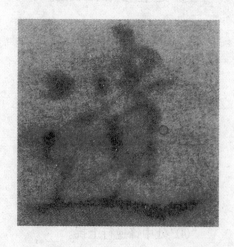

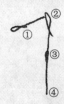

遗

"①"处逆锋入而后提笔;

"②"处逆入后提锋;

"③"处逆入后提锋;

"④"处衄挫中行笔则"活"。

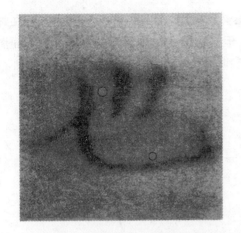

也

"①"处逆锋下压而入；

"②"处提笔而"活"；

"③"处衄挫中行笔；

"④"处收锋轻下注。

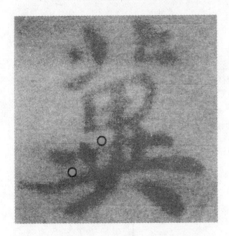

冀

"①"处逆入挑锋；

"②"处提笔；

"③"处衄挫中慢行笔；

"④"处回锋向上挑收。

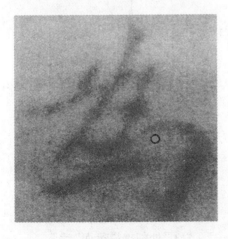

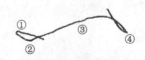

为

"①"处逆锋上挑而入；

"②"处裹锋下注；

"③"处提"活"；

"④"处下注收锋。

3. 活

为了文字的丰神耀动,在行笔过程中,必须兼用"活"法。"活"是微妙的,在岨挫行进中变动笔姿。"活"源于用笔的灵动,但必须避免出现飘浮的笔姿。如下面图例中的"仍"、"或"两个字,都在岨挫毫芒间参以活法。

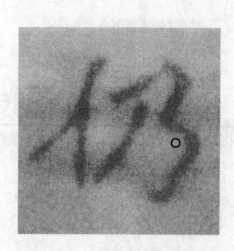

仍

"①"处接上笔,逆锋而入;

"②"处提笔下行;

"③"处逆锋接笔提"活";

"④"处岨挫而下。

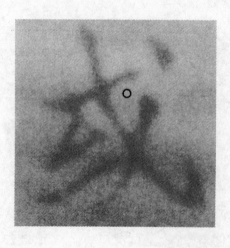

或

"①"处逆锋下按而入;

"②"处岨挫下注;

"③"处岨挫提笔而"活"

"④"处提笔后接下笔。

4.搭

书写中,在行笔转画时,初学者往往不提笔换锋,顺笔折锋而下。于是产生了两笔搭在一起的僵置物象。这是书法中的大忌。如人的臂肘相接,是轴转居其间的。有轴转便圆活,无轴转则搭死。我们看下面图例中的"碑"和"桥"字的转折处,都是用的"搭"法。"桥"字还参以"活"法,以跃笔姿。

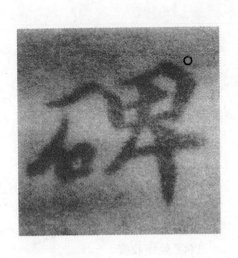

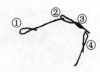

碑
"①"处逆锋而入接上笔;
"②"处逆锋斜下;
"③"处按笔下注;
"④"处提后接下笔。

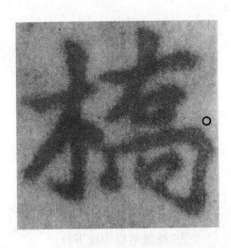

桥
"①"处逆锋而入;
"②"处下按而提;
"③"处衄挫中提"活";
"④"处接下笔前收锋。

5. 驻

"驻"法,是一种较难运用的笔法。临书时,如果气浮、心躁时必然四顾不周。心坚、肘坚、指坚、神聚而不散,气沉而不浮时,运用"驻"法,才能得心应手。如下面图例中的"禹"和"此"字,便是用"驻"法,在不疾不徐间,力贯于笔锋,着纸即在岨挫间运行。其运笔不激不励,不鼓努、不迟疑,安点布画之间,迟回审顾的风姿已经具备谓之"驻"。

禹

"①"处逆锋入,下按;

"②"处提笔转锋;

"③"处岨挫中下"驻"如蹲行;

"④"处慢收锋。

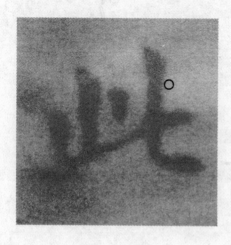

此

"①"处斜向逆入;

"②"处提笔后中锋下行;

"③"处慢"驻"如蹲行;

"④"处提而接下笔。

6. 缓

"缓"这种笔法,一如挥舞剑器。功力深厚时,急徐互参。急而不飘浮,缓而不僵滞。在安点布画间,取得灵动的艺术效果。如下面图例的"而"字,结体舒缓,开张寓安稳之间。其运笔不激不散,在平稳中求得动而后静的效果。再如图例中的"上"字,舒左抑右,运笔缓而灵动。其中兼以"活"法辑让笔姿,使其产生韵律美。

而

"而"字,整体安稳、舒缓,运笔用"活"兼"缓"法,衄挫蹲行。

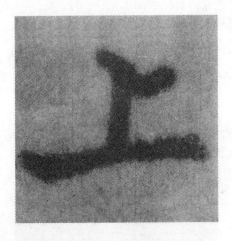

上

"上"字,上扬笔势,平稳中求逸静,行笔皆"衄挫","缓"、"驻"法兼用。

7. 捷

"捷"法在一幅作品中,是调节韵律和节奏的一种笔法。"捷"法可以疏导一篇作品的气韵。行笔流畅,不碍、不滞,一如明珠走盘,带活了整幅作品。下面图例的"以"和"流"字,安排得笔画疏朗、游走。其书势向外逸放。如此的结体安排,更需要笔画的法备而坚实劲健。一要"提"、"活"并用,二要"缓"、"捷"互参。虚以生实,动态自出。

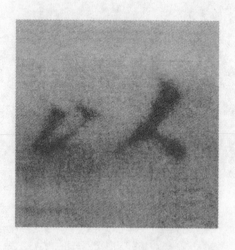

以

"以"字,笔画疏朗,行笔时,需要"提"后在衄挫中行进。书势以"缓"取,结体应开张疏朗。

流

"流"字,书势取上斜状,结体的笔画要疏阔;行笔用"活"法,间架舒展、以虚生实。

8. 实

"实"法在楷书作品中,可以用其老拙的笔姿,调节整幅作品的气韵。如下面图例的"工"字和"非"字,其笔画老纳沉厚有力。用笔时,也只有做到提活蹲纳,才能血肉丰盈、内藏筋骨。

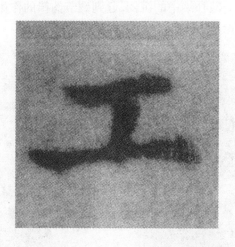

工

"工"字,笔画沉厚,以"蹲"法与"衄挫"相结合。行笔时兼用"活"法。

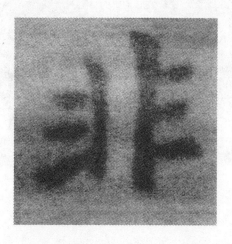

非

"非",提活而蹲行可得劲健之笔姿。正、斜纳入一体,用以调剂气韵。

9.逸

在朴厚中掺以纤秀飘逸的笔姿,在楷书的笔法中,称为"逸"。它是不落常态、婉丽自如的。其每一笔画,都具有意味无穷的韵致。如下面图例的"虑"、"所"、"人"、"民"四个字,皆都筋骨劲健、而又飘举秀逸。"逸"这种笔法,在一篇作品中不宜多用。在适当的部位,可以破一破朴纳中的沉闷,起到调节韵律的作用。当然,假如以此风格为艺术追求,则另当别论了。

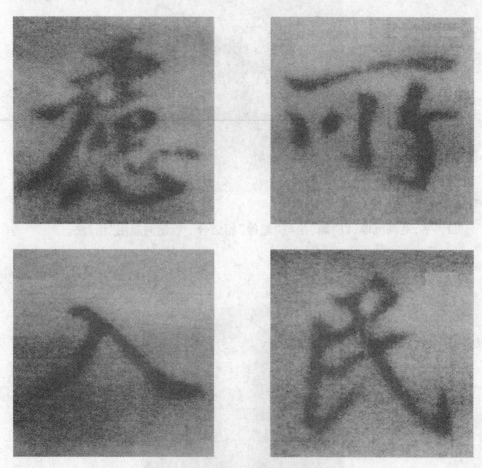

二、墨 法

墨彩,对楷书作品极为重要。中楷以上的大字,可以用较浓的墨汁书写。书写小楷或更小的"微型小楷"(参阅附图 83-1、83-2、83-3,俗称"蝇头小楷")时,一定要研墨(用烟细胶轻的名墨)书写,不能使用陈墨(宿墨,即使用过的墨)书写。用现研的墨,行笔才能顺畅、流美自然。

选墨是否恰当,能够决定一篇书法作品的成败。

大字用的墨汁,可以依照墨韵的要求掺和一定比例的熟水。太浓,笔滞,难以挥运;过淡,则神韵全失。此外,焦墨在干而少时,行笔能够产生"渴墨"的艺术效果;写大字时,"焦"和"渴"都是和润泽互相配合的。尤其是作"榜书"时,兼用一些"焦"、"渴"的墨法,可以托现出老拙、峻健的风骨。

三、书势

呆滞死板和流滑率意的书风,都是楷书的大忌。

舒展大方、端谨流美的楷体书法,是和开张的书势分不开的。在一幅楷书作品中,书势所表达出来的运动感,能以极大限度地扩展和逸放作者的情感寄寓。而且,可以使这种在两度空间上表现的视觉艺术,产生了近于时间艺术——音乐的特征。严格来说,在一幅楷书作品中,只是死板的文字符号的整齐排列,而没有表现出书法无限扩展的态势感——书势,则不能确认其为楷书艺术作品,只是一篇用毛笔写成的书牍而已。

书势,既有在结字、谋篇中抒发情感的高度自由,又不应该违反楷体文字的自身结体规律。"书势",的确是一把开启书法灵府的钥匙;"纤微要妙"之间,蕴含着书法家的美学追求。

四、韵律和意象

楷书作品的韵律调和与否,决定着一幅作品的水平。假使做诗、填词或撰写文章时平仄不换、上去不调,一定会单调乏味得不成其为诗文。同样的,一幅楷书作品,看上去齐平板滞、死气沉沉,那是因为在作品中缺乏节奏和韵律。

韵律又是怎样产生的呢?

行笔时,速度上的快慢相间,产生了节奏。同时,行笔速度的变化还可以调节一幅作品的韵律。临池创作时,必须依凭情绪的起伏变化,在作品的特定区间内,"当迟则迟,当速则速"。在调节速度时,要做到笔笔有法。能以充分利用不同笔法的艺术效果,而又运用得十分娴熟,才能产生适应情绪调动时所需要的速度。快或慢到什么程度,要看你驾驭笔法的水平。在行笔速度上的疾驰快捷、中速舒缓、慢过涩留,交替出现在作品中时,节奏感和韵律美便会和谐地出现了。

驾驭速度时,还要以"力度"的把握相配合。汉字书法是"线"的艺术。"线"在调节速度时的变化,同"力"的作用有着极为密切的关联。运用多种笔法时,由于"力度"的不同,其形态和意蕴必然会出现微妙的差异。

在书法线条中,"速度"和"力度"同是生命之源。多筋微肉的线条,柔韧而有弹性。它是内力作用于毫端,并依托于行笔时的提按技法上的适度掌握而产生的。力过猛,必陷怪张;力过微,则趋于孱弱。皆当戒。

下面再简单谈谈书法的意象:

意象,在书法艺术中,是一种深蕴又极其丰富的艺术语言。王羲之,审视鹅的动静姿态;张旭,观察公孙大娘舞剑,观察担夫争道;怀素,听江水,望行云……都是探索意象的一种方法。他们不仅仅是在探求笔法,也是在摄取形象,用以临池借鉴的同时,探求着书法的意象寄寓。

中国汉字书法的基础是象形。"六书"是在象形的基础上发展起来的,是来自生活的形象和意象的再现。孙过庭"书之为妙,近取诸身"很有见地。对生活中"意象"的选择和吸收,取决于书法家的观察能力和审美取向。在书法作品中能否概括并准确地表现出来,取决于书法家的功力和品格。书法家对诸多物象的神髓融会贯通之后,运用这些形象元素和美感经验,经过匠心独运地概括集中,也就进入了创造意象美的境界了。

书法家在临池作书时,不仅仅是受到自己的美感经验和审美趣味的制约,其品格学养、胸襟抱负,也都会通过意象这一艺术语言表现出来,是无法掩饰和回避的。

第四章

书法章法

一、谋篇

以某种形式,如立轴、横披、长卷、扇面、斗方,以及经书、书牍等,取某种字体,把诗、词、歌、赋、文章、谚语等,用恰当的排列、布局,创作出一幅幅书法作品的方法,是为"谋篇"。举例如下:

1. 立轴

立轴又分为中堂、条幅、琴条(挑)和多条屏等。内容大多为诗、词、文赋等。书写立轴之前,首先要据字数安排行距和字距。取法自然,避免有摆布、排叠的痕迹。大小、敧正,取向自然,不安排、不造作;在变化之间气贯而通,方为妙造。

2. 横披

横成篇、立分行的谋篇取向,比较易于安排。要以珠散而不乱的布局,达到通篇浑成的艺术效果(如图5王献之的《洛神赋》),则必须情动于中、以神会意;在上下呼应、左右顾盼,且散而不乱的章法中,创作出富有生命耀动的气息。王献之《洛神赋》(玉版十三行)之所以不朽,于此。

3. 长卷

长卷是横披的延长,长可数尺到数十尺。其章法,以取单行独立,通篇照应的布局为上选。因为,采用明珠散布的章法,极易散乱无章。

4. 扇面

扇面又分折扇、团扇等。一般来说,书写扇面,以行距规整,互相照应为上选。文字的布局,应与扇股的宽窄相配合(如附图75"清·华少兰楷书扇面")。圆光形的扇面,宜取方形、分行书写,其艺术效果较好(如附图76"清·李春泽楷书扇面")。折扇的行距不宜太紧,疏朗的效果,适于闷热当风时的视觉联想。

5. 斗方

在斗方上书写诗词,或书写一段文章的精华,并依文章的内容,规整其行距,灵动其书法。斗方除裱成册页外,大多以境芯的形式悬挂在墙壁,因而,其风格应以整肃中涵纳灵动为好。

6.经书和书牍

经书和书牍多为横卷或分页,以分行清楚,字形端雅宽舒为上选。

二、落款及钤印

1.名款

完成一幅书法作品以后,必须落款。款书分为上款,即受书人的名、号。下款,即书法作者的斋、堂、名、号,以及书写时的地点、时间等。款书文字,一般以内文的楷书体为之。或以其他书体,如隶书、行草、章草等书体为之。其位置:上款,大多写在正文的右上方;下款写在正文的左下方。或双款,都落在左下方。款字的书法宜小一些。

2.钤印

一幅书法作品,钤上艳红色(或"朱红"、"银红"色等印泥)的印章以后,有如画龙点睛,耀活了整篇书法作品。钤印的位置极其重要,应和书法相适应。印章的大、小,应和文字相调和,不可喧宾夺主。

印章,有名号章和闲章之分:

名号章——印文多为姓名、别号以及书斋雅号。形制多取正方,分为一朱、一白两方;白文(阴文)在上,朱文(阳文)在下。

闲章——一般指一些诗句、吉语以及哲理思维丰富的格言等的印章。闲章多用于"迎首"又称"引首"、"压脚"(可起揭裱时保护内文的作用),又是点缀篇章空白,起到美化装点的作用。闲章的形状十分自由,如长方形、椭圆形、随形等不胜枚举。钤盖印章选位时,以填空补白,扬其风采为主。

附 讲

一、自学的方法

1. 碑帖的选择

楷书的笔法基础在"篆"、"隶"之中。书法的线条,应该是一个有活力的生命体。只有把有活力的线条组织起来,楷书的每个单字才有生命力。活力的产生,决定于线条的形象寄寓。试想,一块木板条,是绝对没有生命活力的象征意义的。习作魏碑楷书字体的初学者,或自以为是魏碑方笔书法的精能者,在作品中多以倒下的侧锋、平铺着行笔,写出来的只是木板条的形象,其生命力何在? 即使你在起笔和住笔时,也用了逆入和回锋收笔的笔法,但这一笔画的中腰部分依然是偏片、僵死的物象。

同样的道理,假如你用饱含墨汁的毛笔拖出来的笔画,其形象也只是肥肿而无筋骨的墨猪。

以上举的例子,大多在初学时,被存在病态的帖拓误导了。因而,选帖的标准十分重要。

历史与经验告诉我们,帖拓或影印的版本,往往存在一些假象。如:经过多年和多次捶拓后,原刻的字迹被石花所掩。初拓尚可,渐渐地字口由肥变瘦;晚近拓本,甚而面目全非。

原刻的名碑拓损太重了,商贾们为利忘义,用枣木板翻刻墨拓后欺世骗人。笔者鉴玩过柳公权的"玄秘塔"的木刻本和郑道昭的"观海童诗"的翻刻本等一些伪制。

因此,自学时,选择帖拓一定要择精去伪。如果选择失误、走上弯路,再去改正是较难的。

初学时,大楷和中楷以从魏碑入手为好,可方笔、圆笔并收。纵展书势、雄阔胸襟。魏碑书法中,郑道昭的《郑文公碑》(附图 15-1 和 15-2)、《云峰山题记》和《观海童诗》等石刻,龙门二十品中的《长乐王造像题记》(附图 13)、《始平公造像题记》(附图 9)、《孙秋生等造像题记》(附图 10)和《杨大眼造像题记》(附图 12)等。此外,《爨宝子碑》(附图 17-1 和 17-2)、《爨龙颜碑》(附图 18)、《张玄墓志》(附图 22),以及北齐的《李清言碑》(附图 25)等碑刻,根据你自己的审美取向去选择,都是可以考虑的范本帖拓。

小楷,以从钟繇的《荐季直表》(附图1-1和1-2)、王羲之的《乐毅论》(附图3)和王献之的《洛神赋》(附图5)入手为上选。继而兼取《六朝写经》(附图26)和赵孟頫、文徵明、祝允明等明清小楷书法之长。

隋碑中的《龙藏寺碑》(附图27)、《董美人墓志铭》(附图28)、《苏孝慈墓志铭》(附图29),以及《隋人写经》(附图31)都是中小楷的范本。

唐碑中,虞世南的《孔子庙堂碑》(附图32-1和32-2),欧阳询的《化度寺碑》(附图33)、《九成宫醴泉铭》(附图34)和《虞恭公碑》(附图35),褚遂良的《雁塔圣教序》(附图39)、《孟法师碑》(附图40),欧阳通的《道因法师碑》(附图43),颜真卿的《多宝塔碑》(附图44)、《东方画赞碑》(附图45)、《颜勤礼碑》(附图46)和《麻姑山仙坛记》(附图47),柳公权的《玄秘塔碑》(附图50)、《神策军碑》(附图52),张旭的《郎官石记序》(附图53),以及小楷《唐人写经》(附图55)等,皆是范本。

在一定的时期内,以自己的审美趣味和艺术追求为标准,选一种碑帖去临摹,上手以后再去换另一种临摹。如此,可为约取其精华,为自成家法打下良好的基础。

2. 临帖、摹帖与读帖

临帖:即面对碑帖拓本或墨迹,把打上米字格的透明纸蒙在帖上,而后,再在放大的米字格纸上书写。此种方法在临写过程中,可以分析笔法并能拓展其书势而得神韵。

勾摹:用半透明纸去勾出原帖文字的外廓,称为"双勾";勾出原帖笔画的中心,称为"单勾"。用勾好以后的纸再去照帖临写。此法对初学者,易得字形,上手极快。少年时,作者已得益于此。

读帖:沉下心来,面对帖拓或墨迹细心审读,分析笔法、墨法和章法建构的成因。在品评优劣的不经意间,已得其法理和神髓了。

3. 工具的选择

笔:毛笔分软毫、硬毫和兼毫。羊毫软,紫毫硬,紫毫(野兔毫,冬天的最硬,称冬紫毫)宜写小楷。练习大楷或中楷时,以兼毫(习称"白云")中的大白云笔为宜。这种笔硬度适中。益于行笔。此外,书写榜书时的抓笔,分狼毫或猪鬃。后者宜于在摩崖前悬臂书丹。

墨:写小楷,宜于旧墨新研(百年以上的旧墨:松、油烟皆可)。平时练习大小楷时,可以用水合墨汁书写。正式进行创作时,只得研墨了。否则墨韵从何而来。

纸:练习时,元书纸即可。如经济宽裕,以用宣纸为宜。纸性各异,多用自习其性,创作时易于驾驭。

砚:以石砚、澄泥砚为宜。石质的端砚、歙砚较实用,以发墨而不渗墨为上选。其他如晶、瓦、铜、铁等为砚,皆是书房的陈设贵器了。

二、其他习字的方法

干燥的方法:用旧方砖一块或四块一拼即可。白天烈日晒干后,抓笔蘸水书写。

此方法可增腕力,得书势。

沙盘的方法:木盘内放上细沙,用自制的大小不同的木笔临帖。此方法亦可增腕力和臂力。

以上方法,经济便捷。又不失为练习悬臂书写的好方法。笔者幼年也曾得力于此,及长不惧大书。研习书法的同道,可一试。

附图

22 北魏《张玄墓志》

23 北魏《高盛碑》

24 北齐《泰山经石峪金刚经》

25 北齐《李清言碑》

26 《六朝写经》

27 隋《龙藏寺碑》

28 隋《董美人墓志铭》

29 隋《苏孝慈墓志铭》

30 隋《元公墓志铭》

31 《隋人写经》

32-1 唐·虞世南《孔子庙堂碑》（一）

32-2 唐·虞世南《孔子庙堂碑》（二）

33 唐·欧阳询《化度寺碑》

34 唐·欧阳询《九成宫醴泉铭》

35 唐·欧阳询《虞恭公碑》

36 唐·欧阳询《千字文》

37 唐·欧阳询《离骚》

38 唐·欧阳询《皇甫诞碑》

39 唐·褚遂良《雁塔圣教序》

40 唐·褚遂良《孟法师碑》

41 唐·褚遂良《倪宽赞》

42 唐·薛稷《信行禅师碑》

43 唐·欧阳通《道因法师碑》

44 唐·颜真卿《多宝塔碑》

45 唐·颜真卿《东方画赞碑》

46 唐·颜真卿《颜勤礼碑》

47 唐·颜真卿《麻姑山仙坛记》

48-1 唐·颜真卿《颜家庙碑》（一）

48-2 唐·颜真卿《颜家庙碑》（二）

49 唐·颜真卿《竹山堂连句帖》

50 唐·柳公权《玄秘塔碑》

51 唐·柳公权《金刚经》

52 唐·柳公权《神策军碑》

53 唐·张旭《朗官石记序》

54 唐《王居士砖塔铭》

55 《唐人写经》

56 宋·司马光《宁州帖》

57 宋·赵佶《千字文》

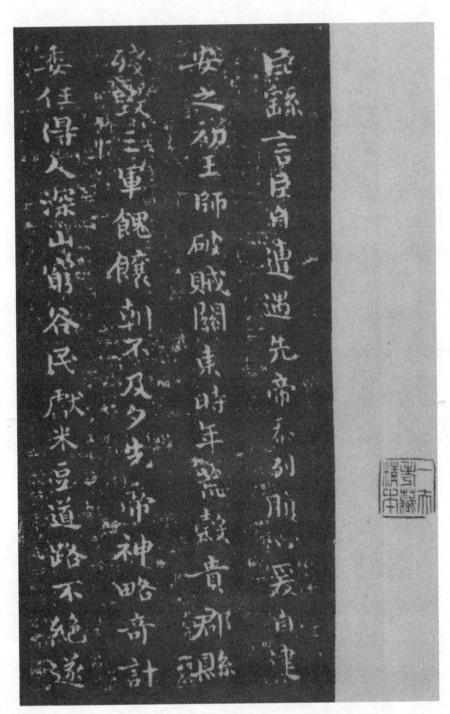

1-1　魏·钟繇《荐季直表》(一)

1-2　魏·钟繇《荐季直表》(二)

1-3 魏·钟繇《荐季直表》(三)

1-4　魏·钟繇《荐季直表》(四)

2 晋·王羲之《宣示表》

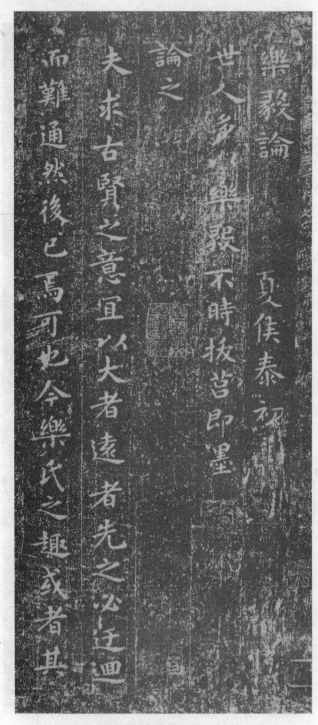

3　晋·王羲之《乐毅论》

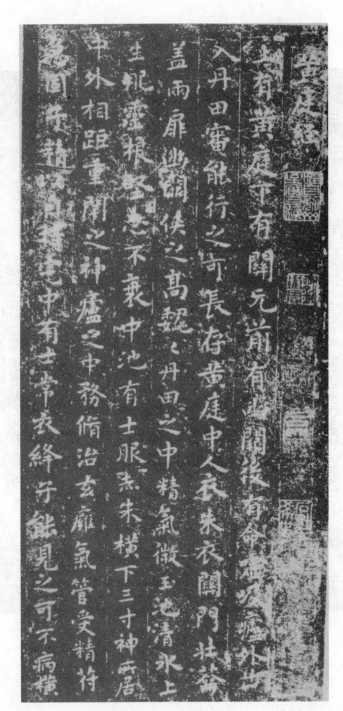

4 晋·王羲之《黄庭经》

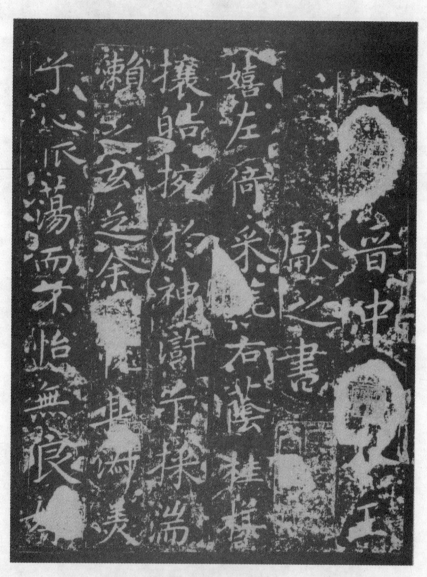

5 晋·王献之《洛神赋》

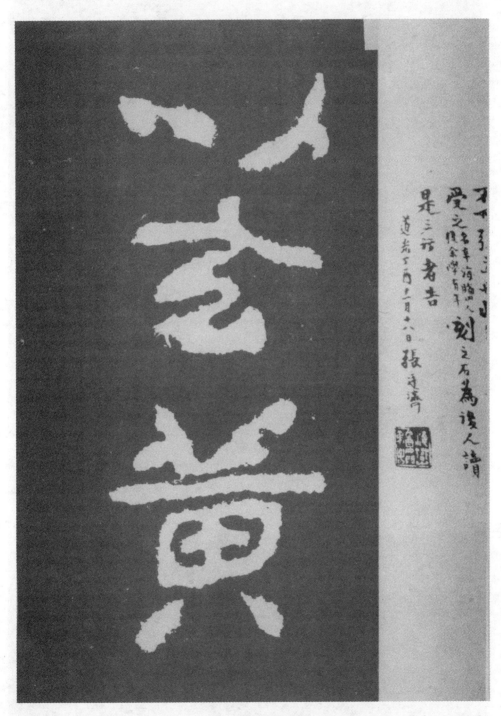

6　晋·佚名《瘗鹤铭》

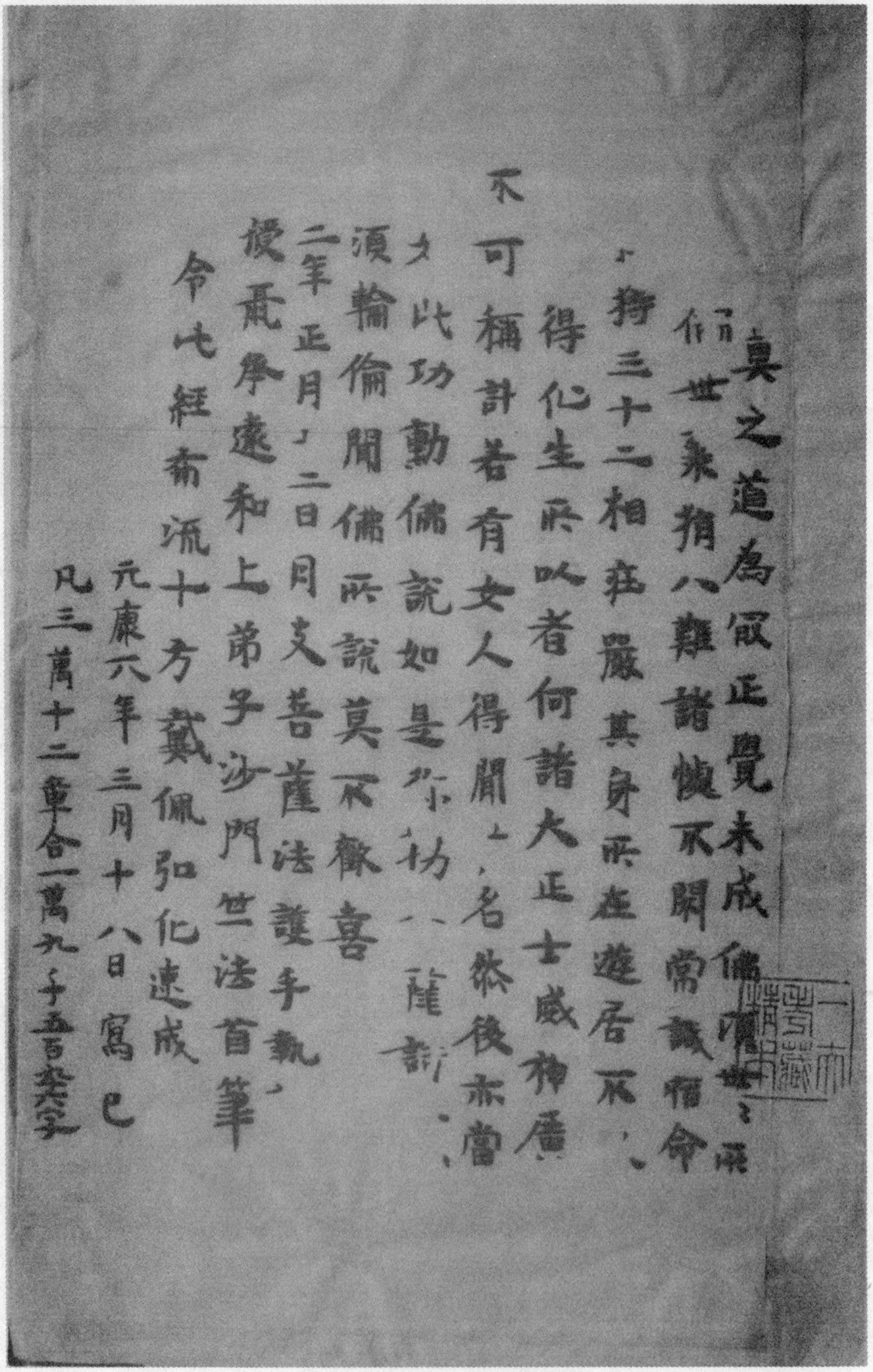

7 晋·佚名《晋人写经》

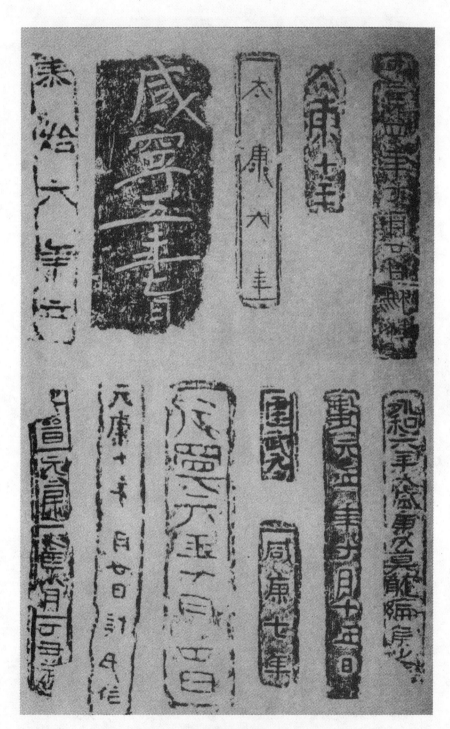

8 《晋砖文字》

9　北魏《始平公造像题记》

10　北魏《孙秋生等造像题记》

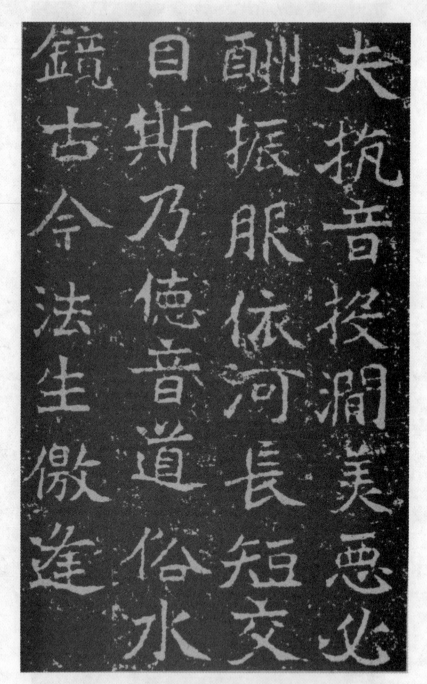

11　北魏《比丘法生造像题记》

12　北魏《杨大眼造像题记》

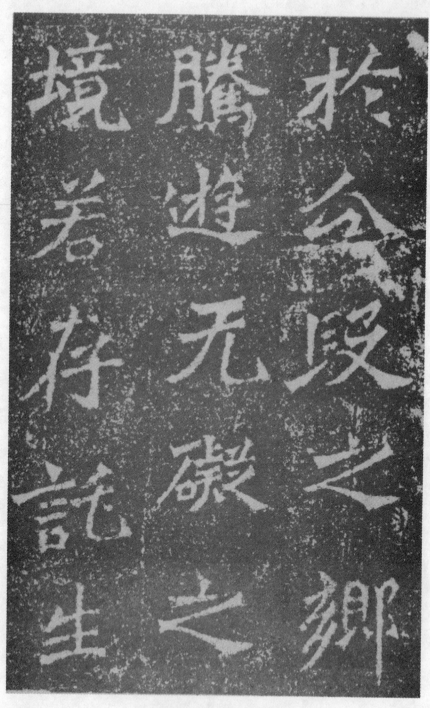

13　北魏《长乐王造像题记》

14　北魏《张猛龙碑》

15-1　北魏《郑文公碑》（一）

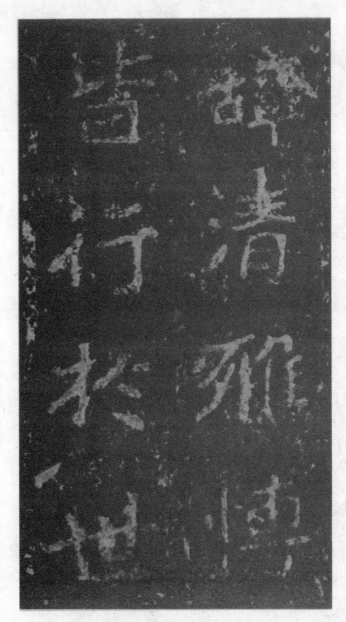

15-2　北魏《郑文公碑》(二)

16 北魏《石门铭》

17-1　南北朝《爨宝子碑》(一)

17-2　南北朝《爨宝子碑》（二）

18 南北朝《爨龙颜碑》

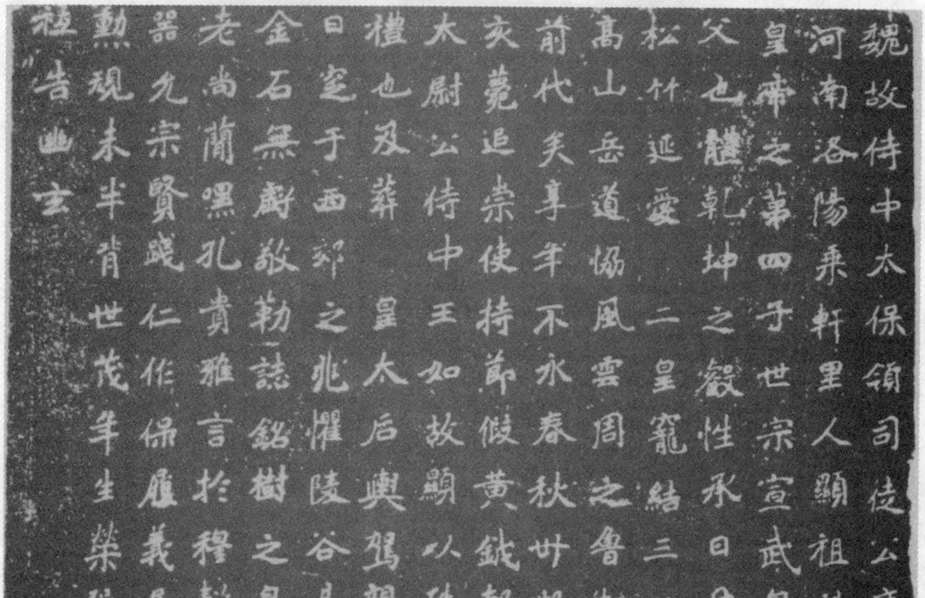

魏故侍中太保領司徒公廣平王姓元諱懷字宣義

河南洛陽乘軒里人顯祖獻文皇帝之孫高祖孝文

皇帝之第四子世宗宣武皇帝之母弟皇上

父也體乾坤之毅性承日月之貞暉比德蘭玉標邁

松竹延愛二皇寵結三世之姿文挺武閒仁蘊美於

高山岳道協風雲春秋之魯衛在漢閒平未是稱美

前代追崇享年不永黃春秋廿二年三月廿六日丁

太尉公如侍中王太后故顯駕觀臨禮備中外諸軍事太師領

禮也及皇太后興陵谷易位市朝罷會從殊禮百官九錫謚曰武穆

日窆于西郊之兆懼陵谷易位市朝罷會秋八月廿

金石無歲敬勒誌銘樹之谷泉閒其頌曰會秋八月有改

器九宗蘭黑孔貴雅言於穆懿王體素心開德秀時英

動視未宗賢跋仁作保雁義居程懿王闍忠祠首寵表咸先

祖昔幽玄半賢蹟世茂羊生榮歿哀悼光永延刊美瑤牒

19　北魏《元怀墓志》

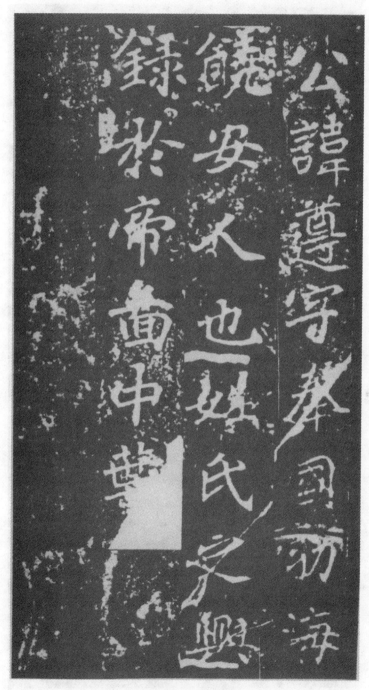

20　北魏《刁遵墓志》

21 北魏《汝南王修治古塔铭》

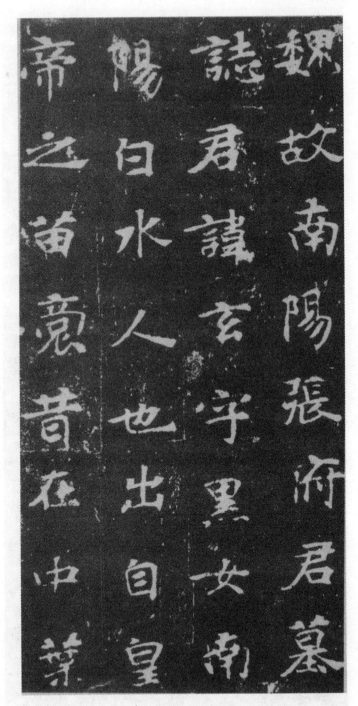

22　北魏《张玄墓志》

23 北魏《高盛碑》

24　北齐《泰山经石峪金刚经》

25　北齐《李清言碑》

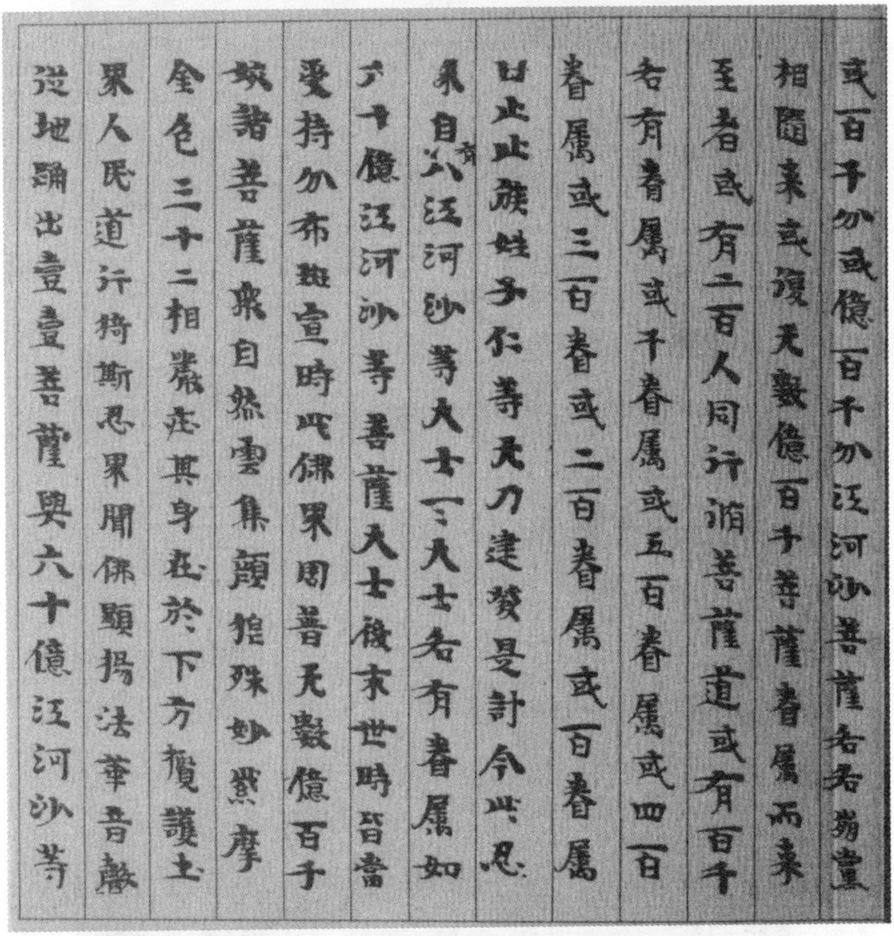

或百千劫或億百千劫江河沙此菩薩若名易量

相隨來立復天數億百千善菩薩眷屬而來

至者或有二百人同行消菩薩道或有百千

若有眷屬或千眷屬或五百眷屬或四百

眷屬或三百眷屬或二百眷屬或百眷屬或

日止此破姓子不等天刀建發是計今此思

果自此江河沙等人士亦人士名有眷屬如

千億江河沙等菩薩人士後末世明晢當

愛持劫布班宣時此佛果圍善无數億百千

敕諸菩薩衆自然雲集顏狀殊妙熙摩

全色三十二相巖走其身尪於下方覆護土

眾人民道行捋斯忍果聞佛顯揭法華吾馨

從地踊出壹壹菩薩與六十億江河沙等

26 《六朝写经》

27　隋《龙藏寺碑》

美人董氏墓誌銘

美人姓董汴州恆宜縣人

也祖佛子齊源州剌史敦

仁博洽標譽鄉間父後進

附僮英雄聲馳河澆美人

28　隋《董美人墓志铭》

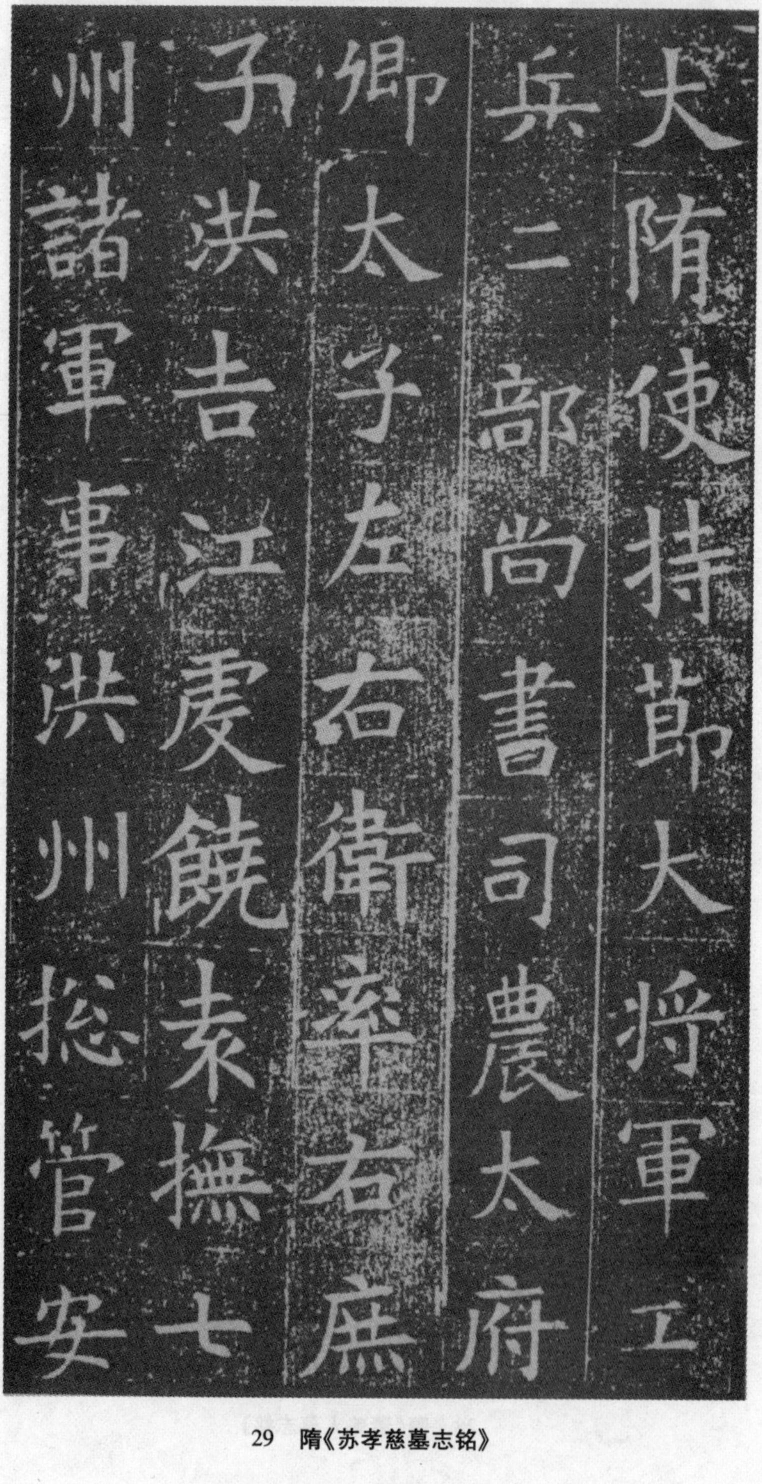
大隋使持節大將軍工
兵二部尚書司農太府
卿太子左右衛率右庶
子洪吉江虔饒袁撫七
州諸軍事洪州摠管安

29 隋《苏孝慈墓志铭》

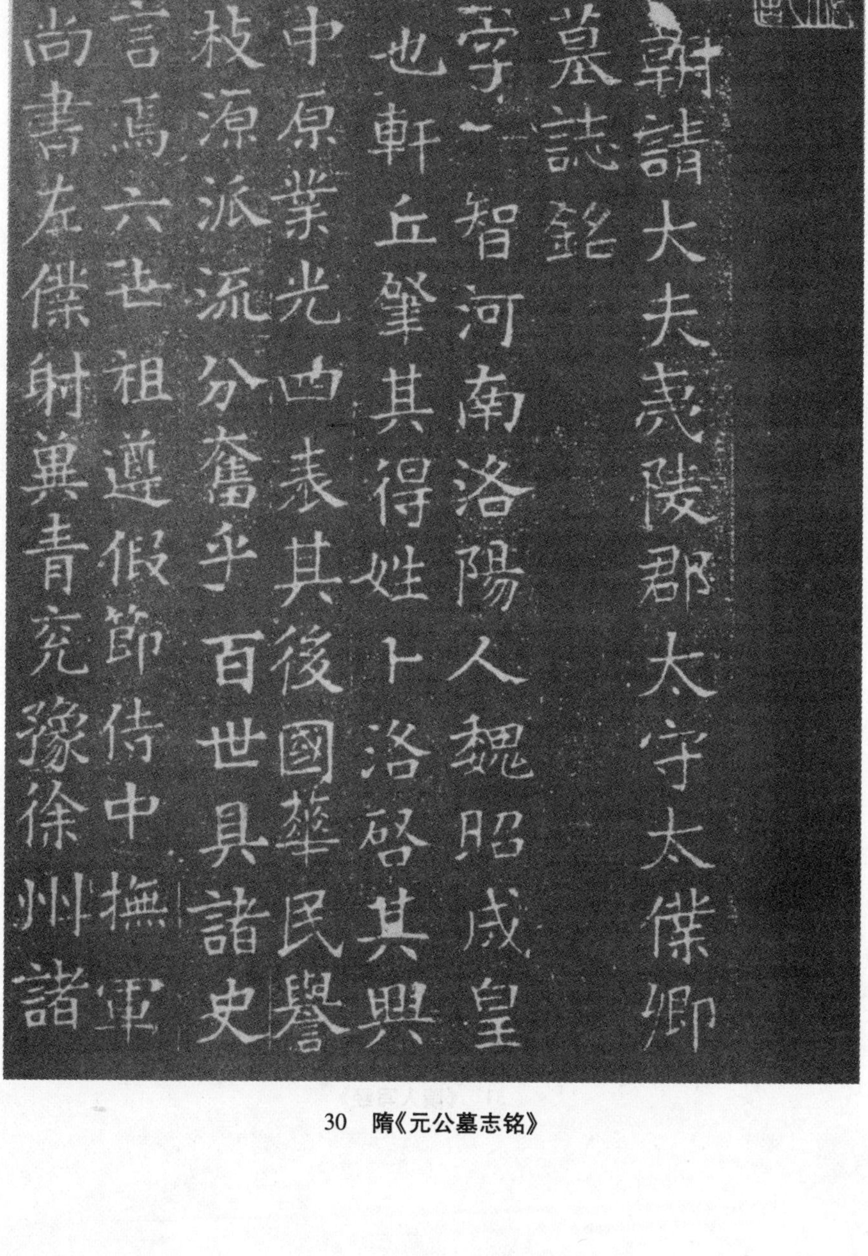

大隋故朝請大夫袁陵郡太守太傑卿

元公之墓誌銘

帝之後也軒丘肇其得姓卜洛啓其興

君諱字一智河南洛陽人魏昭成皇

王道盛中原業光由表其後國蓶民譽

瓊萼瑤枝源派流分奮乎百世具諸史

冊可略言焉六世祖遷假節侍中撫軍

大將軍尚書左傑射冀青兗豫徐州諸

30　隋《元公墓志铭》

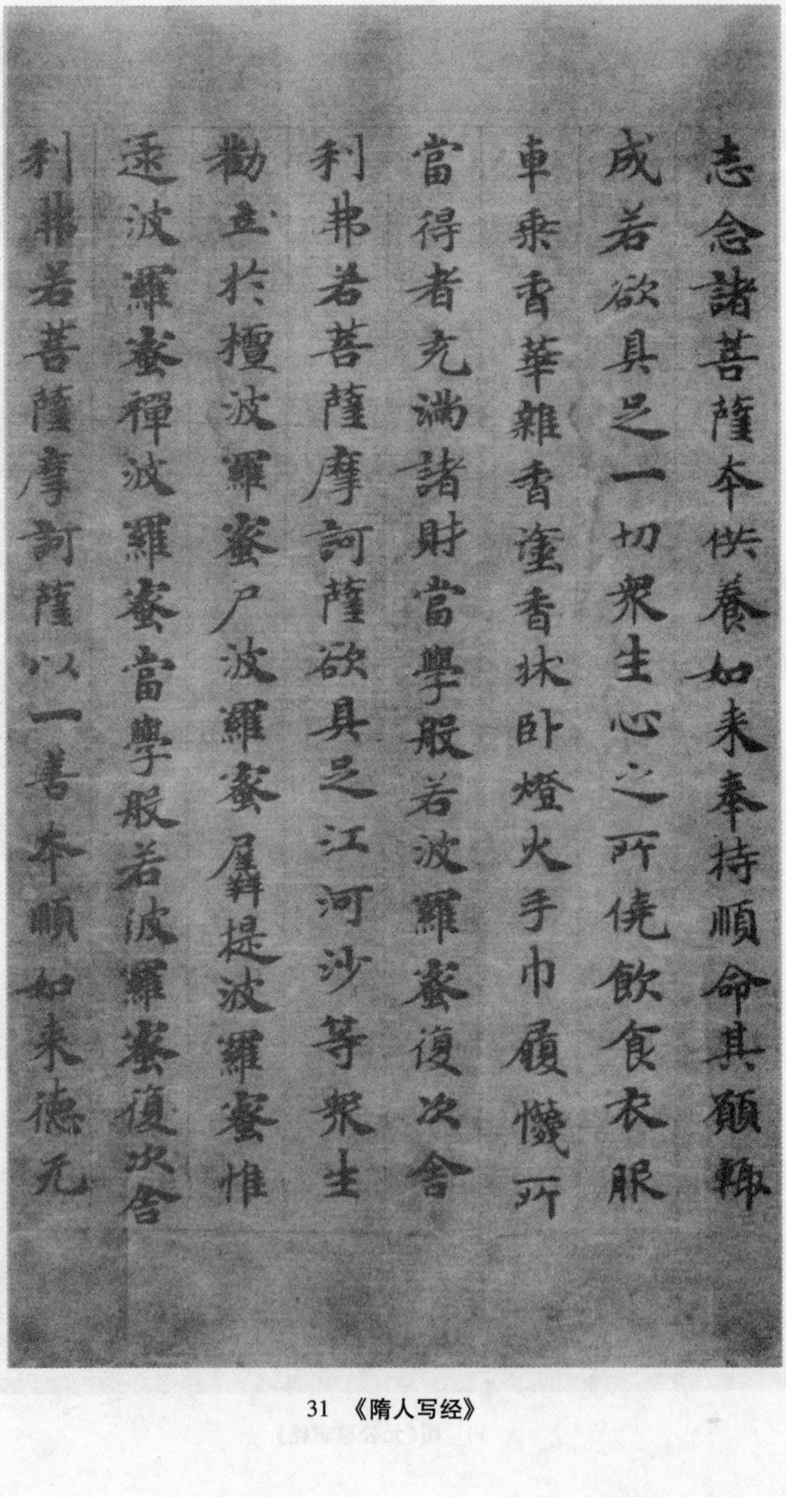

志念諸菩薩本供養如来奉持順命其頿羶
成若欲具之一切眾生心之所僥飲食衣服
車乘香華雜香塗香抹卧燈火手巾頹懷所
當得者充满諸財當學服若波羅蜜復次舎
利弗若菩薩摩訶薩欲具之江河沙等眾生
勤立於檀波羅蜜尸波羅蜜羼提波羅蜜惟
逮波羅蜜禪波羅蜜富學服若波羅蜜復次舎
利弗若菩薩摩訶薩以一菩本順如来德元

31 《隋人写经》

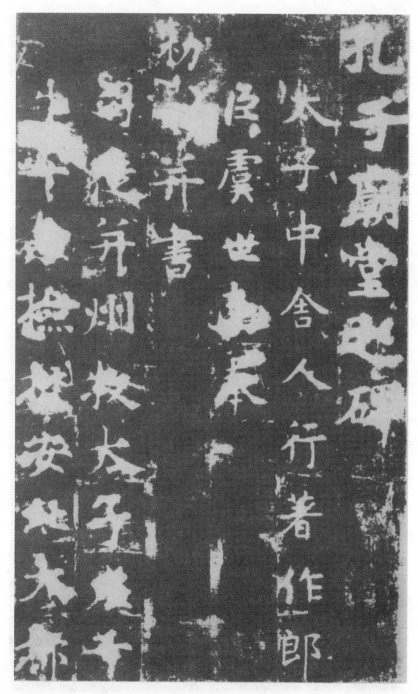

32-1　唐·虞世南《孔子庙堂碑》(一)

32-2　唐·虞世南《孔子庙堂碑》(二)

33　唐·欧阳询《化度寺碑》

34　唐·欧阳询《九成宫醴泉铭》

35 唐·欧阳询《虞恭公碑》

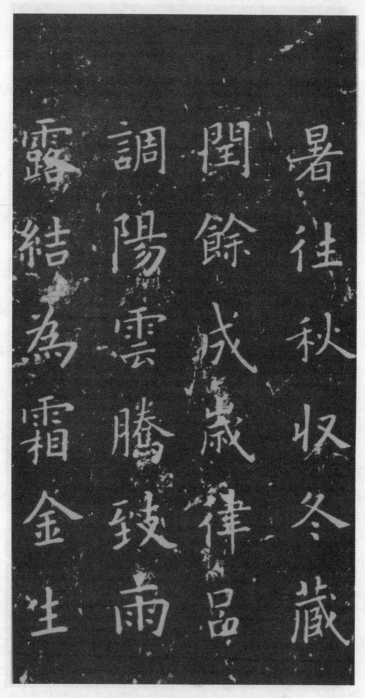

36 唐·欧阳询《千字文》

37　唐·欧阳询《离骚》

38 唐·欧阳询《皇甫诞碑》

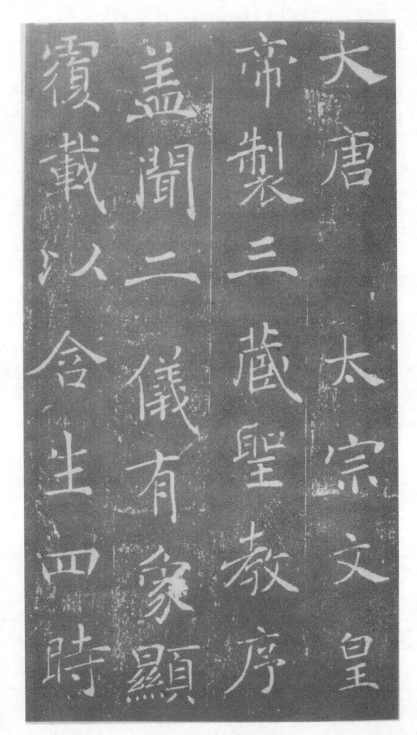

39 唐・褚遂良《雁塔圣教序》

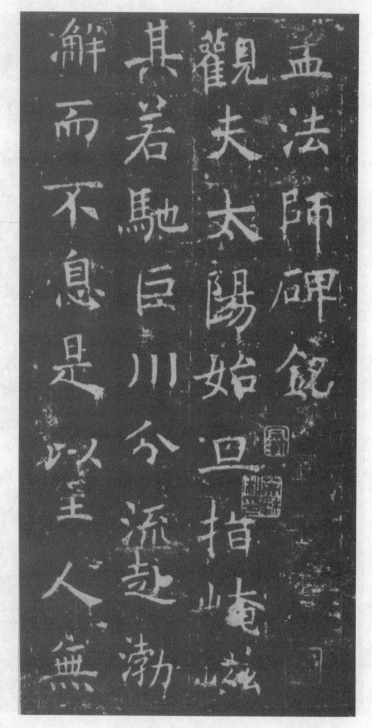

40　唐·褚遂良《孟法师碑》

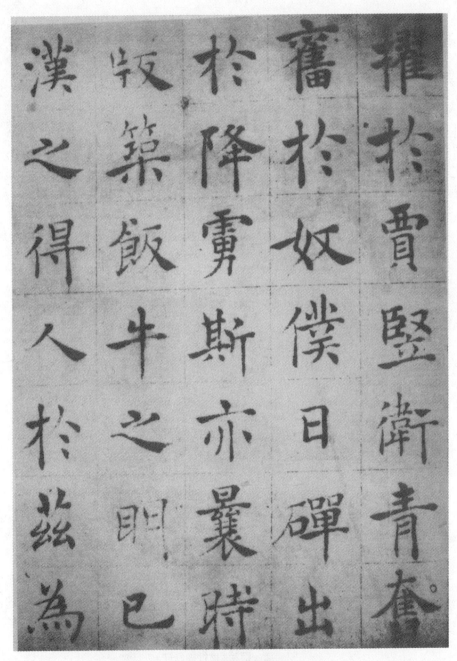

41　唐·褚遂良《倪宽赞》

42　唐·薛稷《信行禅师碑》

43　唐·欧阳通《道因法师碑》

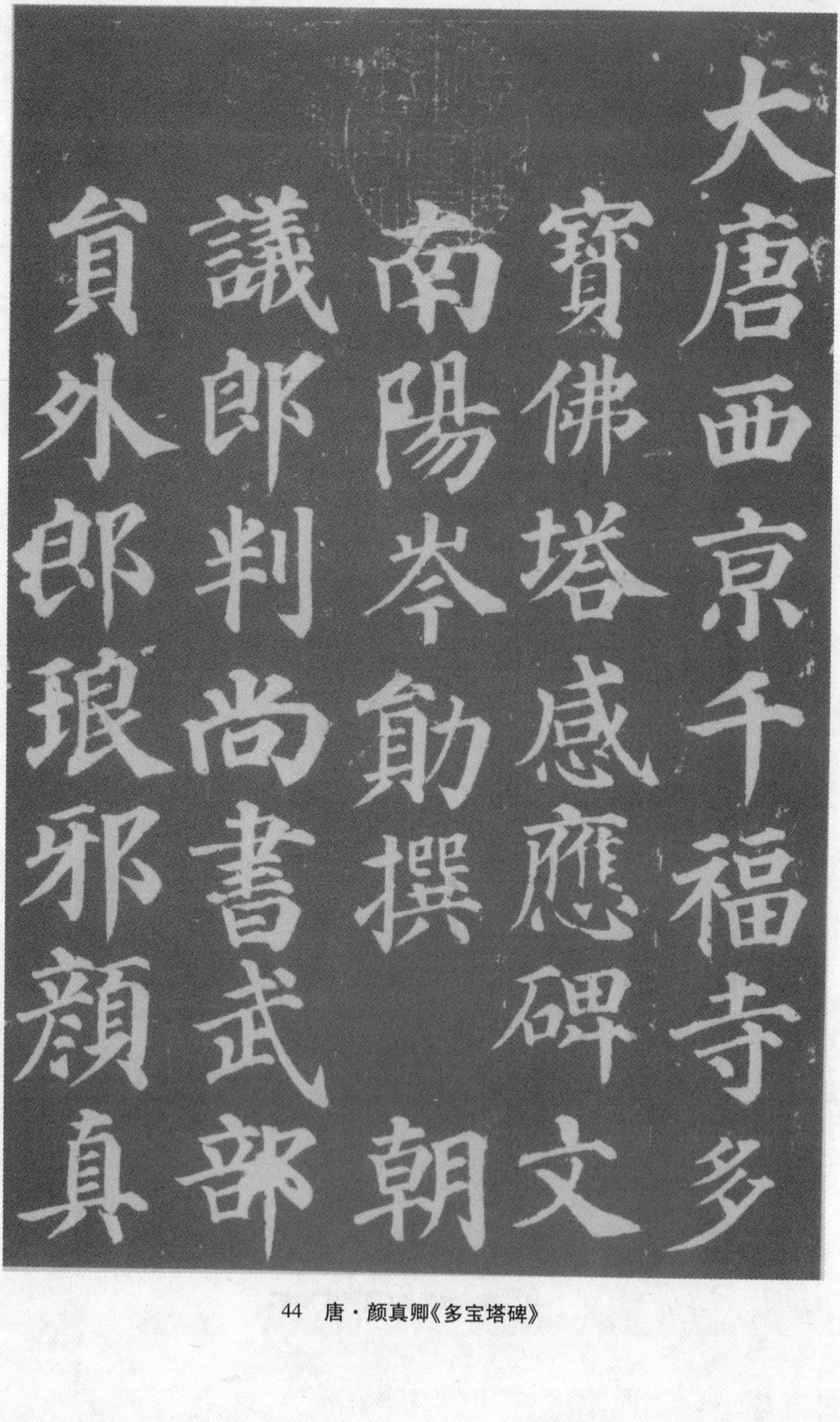

大唐西京千福寺多

寶佛塔感應碑文

南陽岑勛撰

議郎判尚書武部

貞外郎琅邪顏真

44　唐·颜真卿《多宝塔碑》

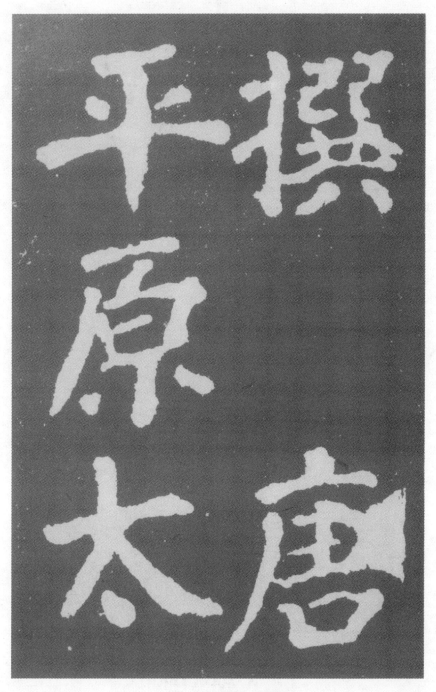

45　唐·颜真卿《东方画赞碑》

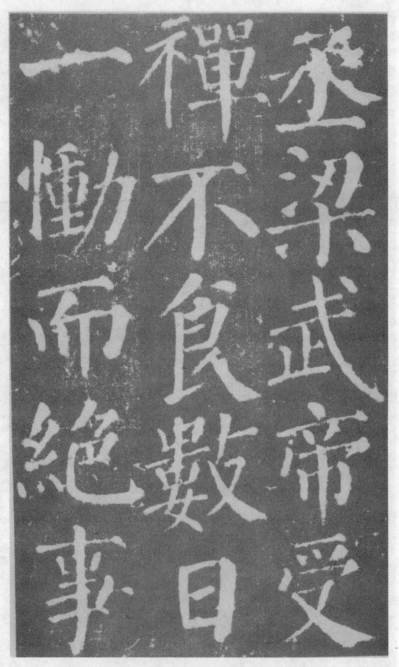

46　唐·颜真卿《颜勤礼碑》

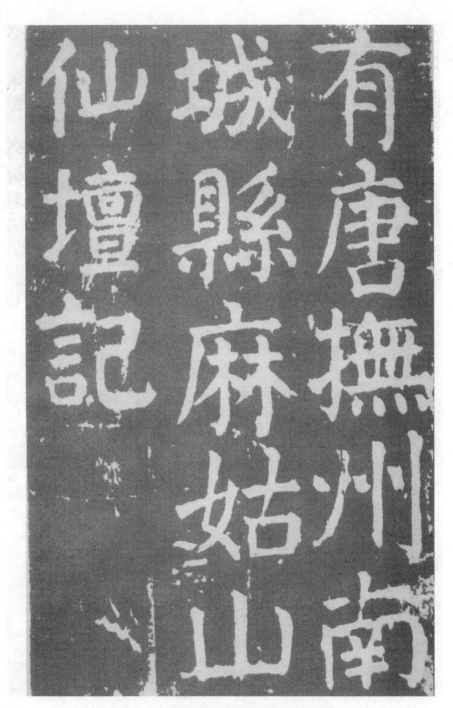

47 唐·颜真卿《麻姑山仙坛记》

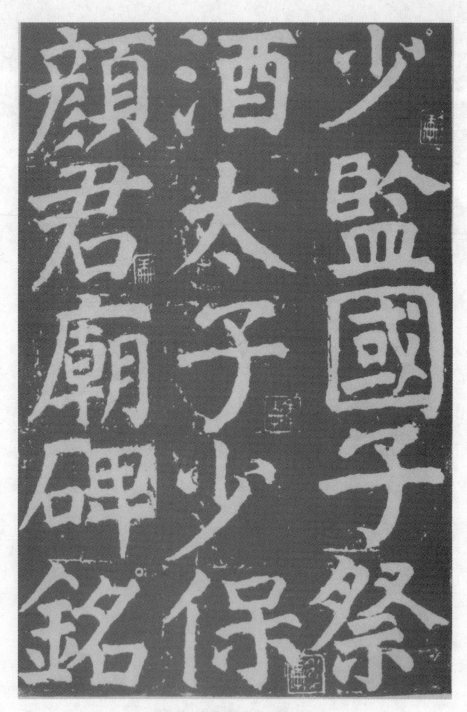

48-1　唐·颜真卿《颜家庙碑》(一)

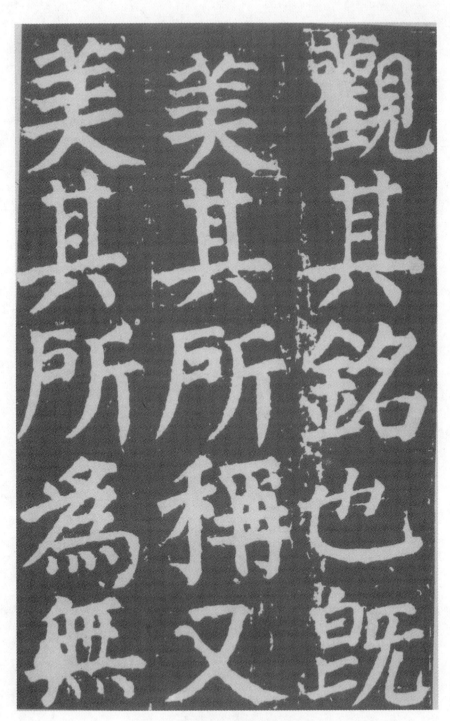

48-2　唐·颜真卿《颜家庙碑》(二)

49　唐·颜真卿《竹山堂连句帖》

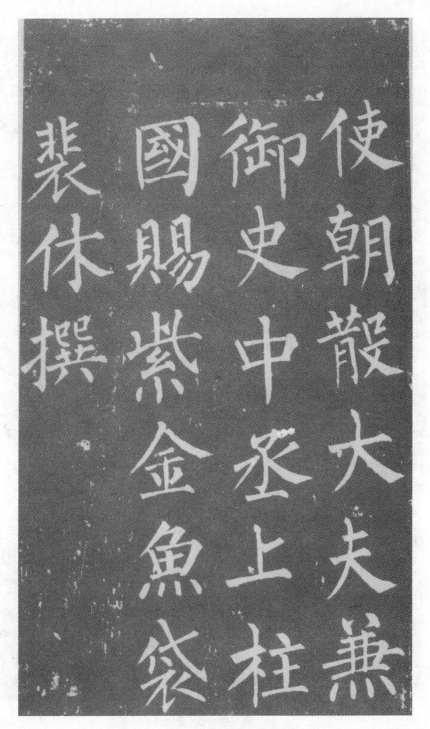

50　唐·柳公权《玄秘塔碑》

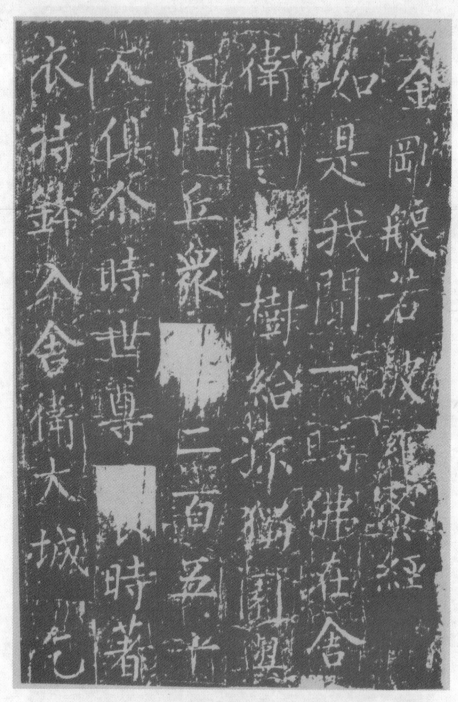

51　唐·柳公权《金刚经》

52　唐·柳公权《神策军碑》

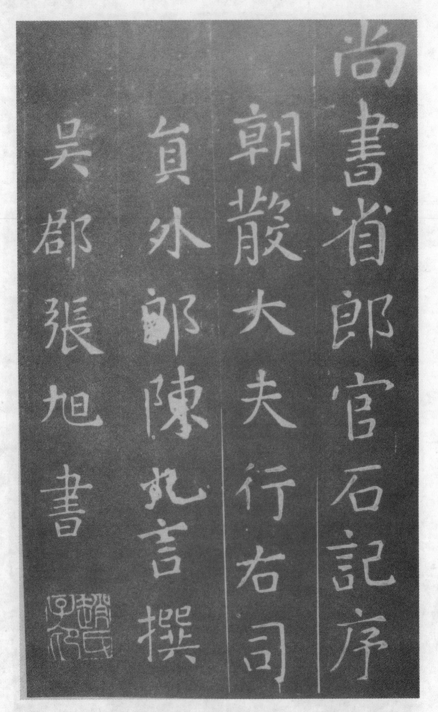

53 唐·张旭《朗官石记序》

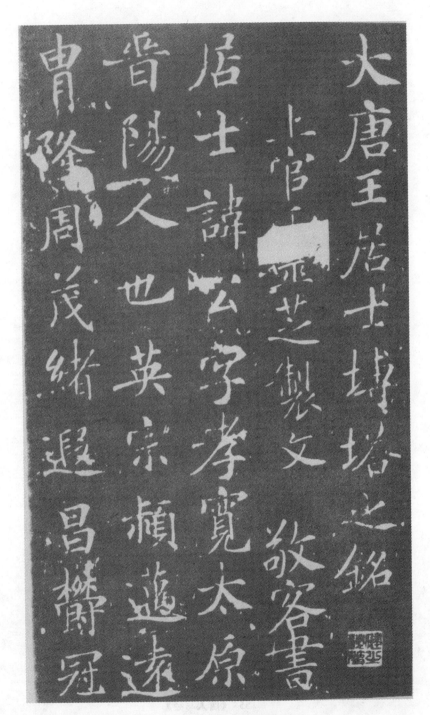

54 唐《王居士砖塔铭》

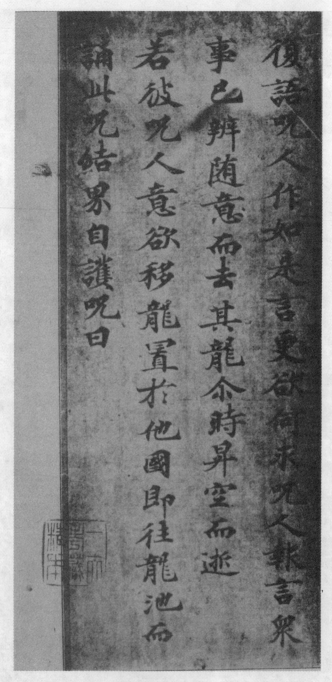

55 《唐人写经》

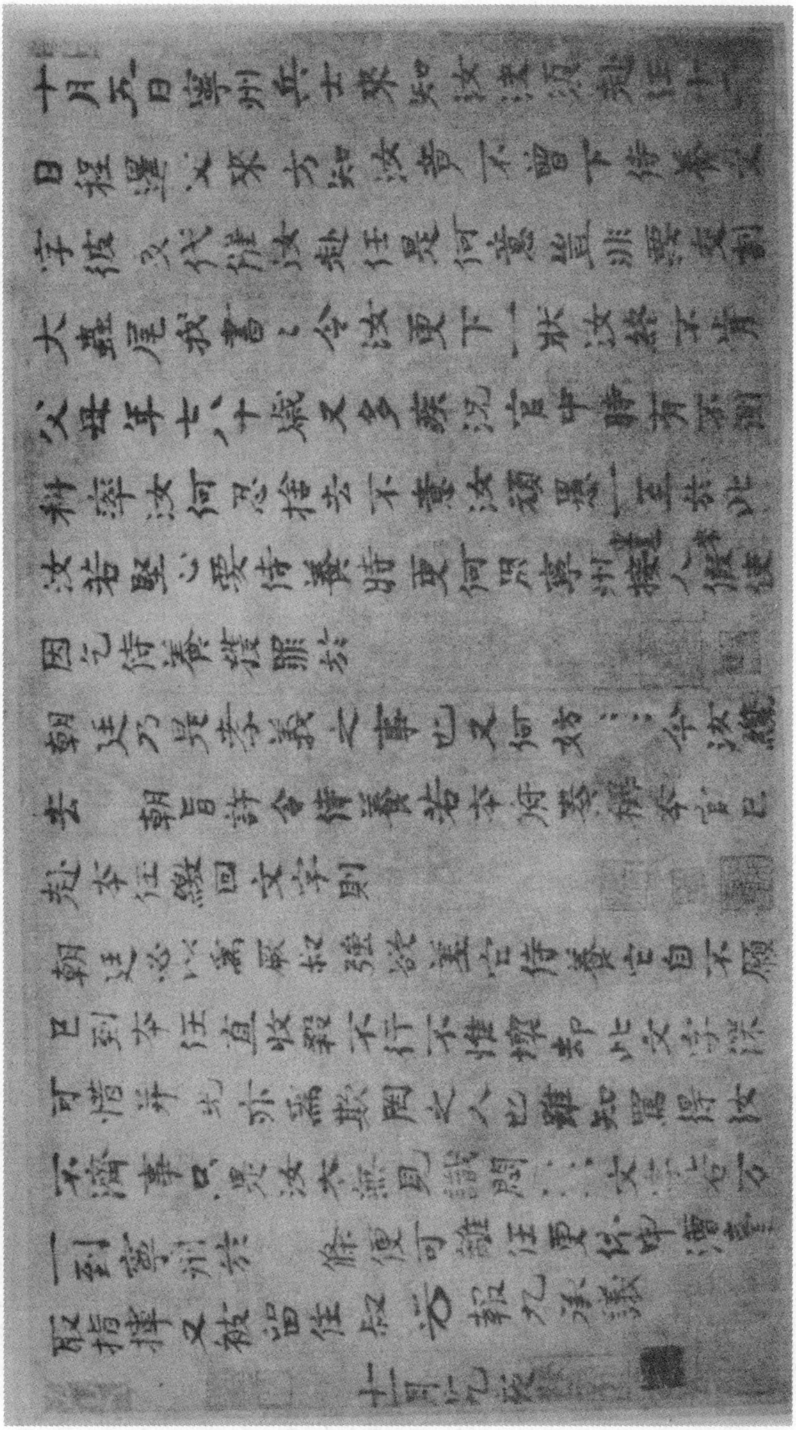

56 宋·司马光《宁州帖》

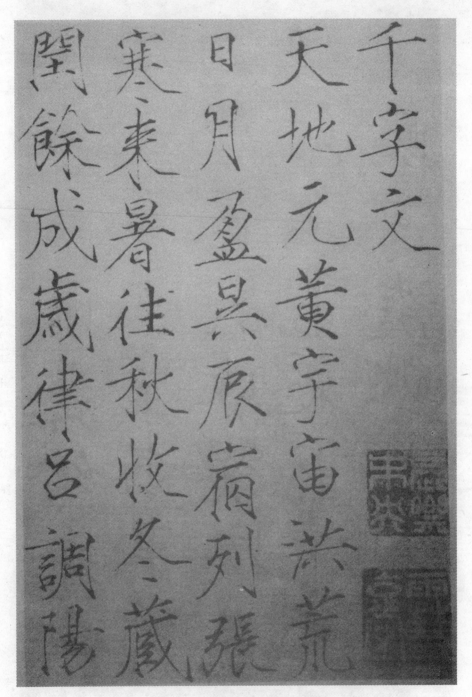

57 宋·赵佶《千字文》

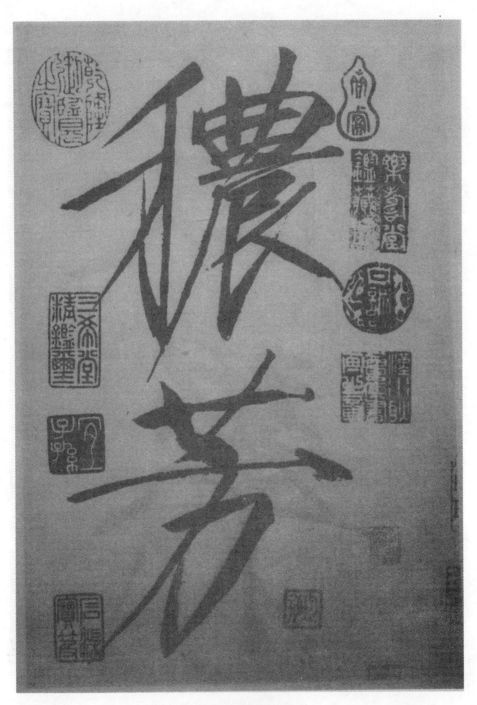

58 宋·赵佶《秾芳诗》

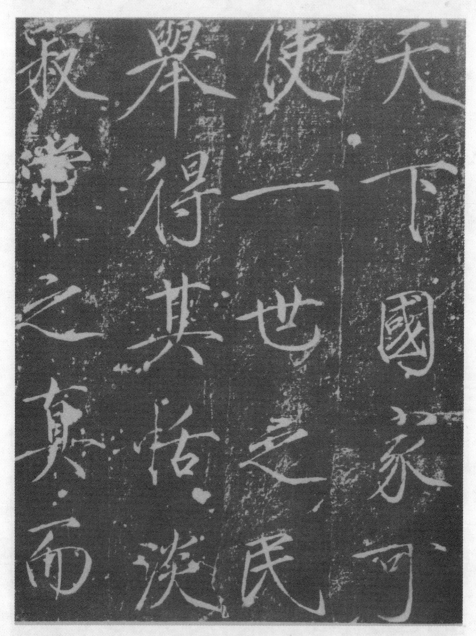

59 宋·赵佶《宣和御书》

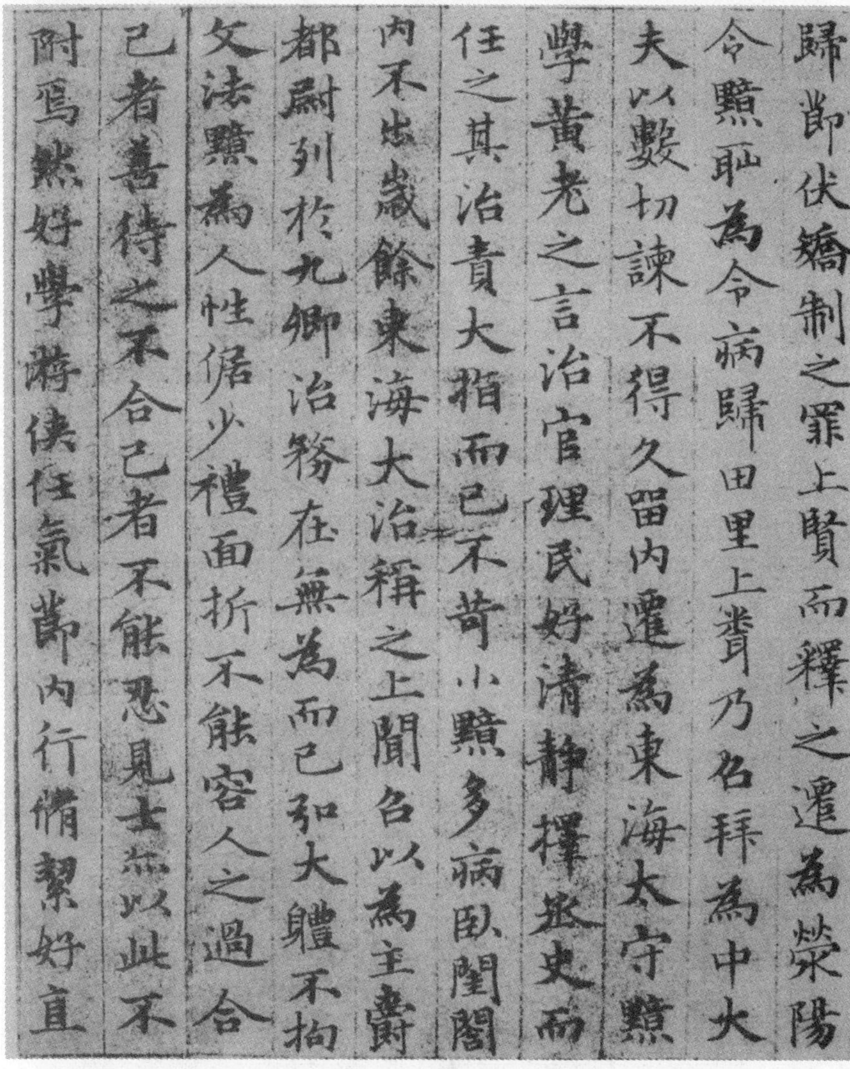

歸節伏矯制之罪上賢而釋之遷為滎陽

令黯恥為令病歸田里上省乃名拜為中大

夫以數切諫不得久留内遷為東海太守黯

學黃老之言治官理民好清靜擇丞史而

任之其治責大指而已不苛小黯多病臥閨閤

内不出歲餘東海大治稱之上聞召以為主爵

都尉列於九卿治務在無為而已弘大體不拘

文法黯為人性倨少禮面折不能容人之過合

己者善待之不合己者不能忍見士亦以此不

附焉然好學游俠任氣節内行脩絜好直

60　元·赵孟頫《汲黯传》

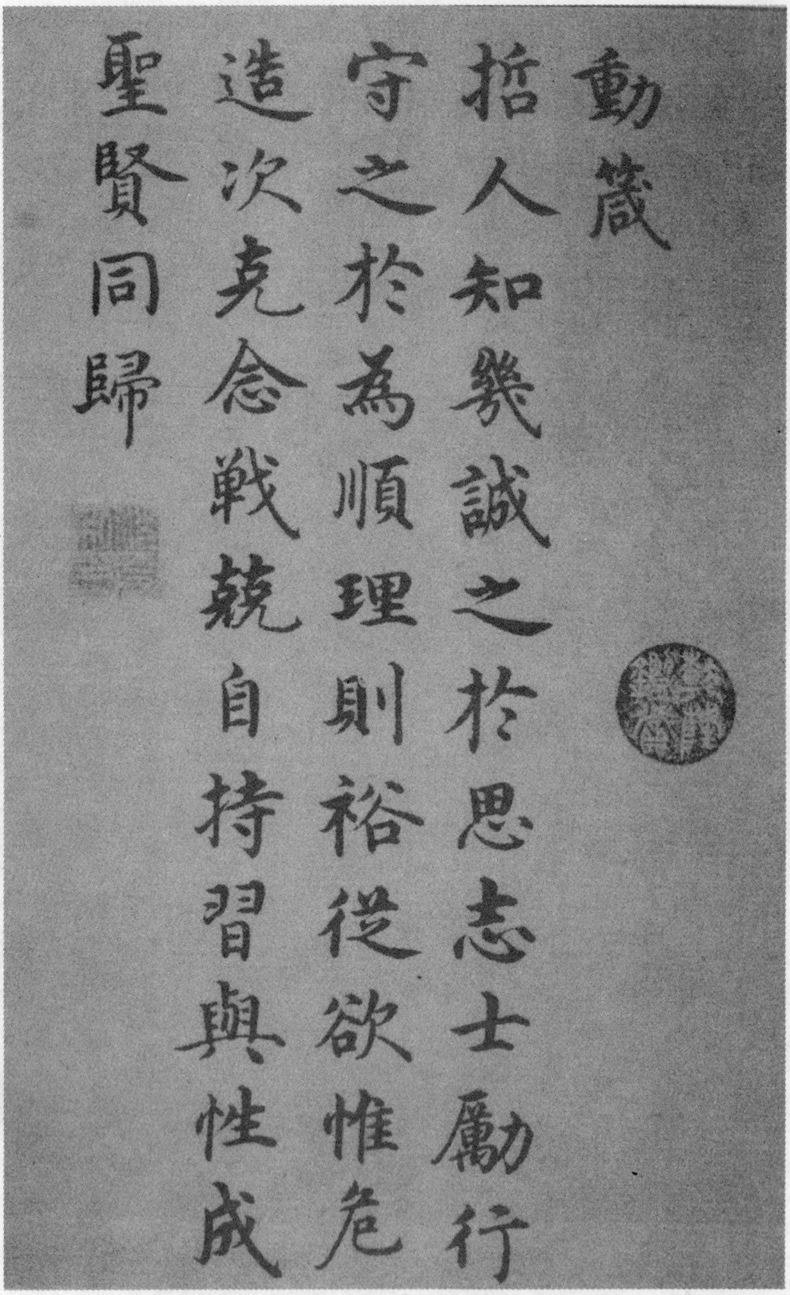

動箴

哲人知幾誠之於思志士勵行
守之於為順理則裕從欲惟危
造次克念戰兢自持習與性成
聖賢同歸

61　明·沈度《动箴》

62　明《晉州鄉賢詞殘碑》

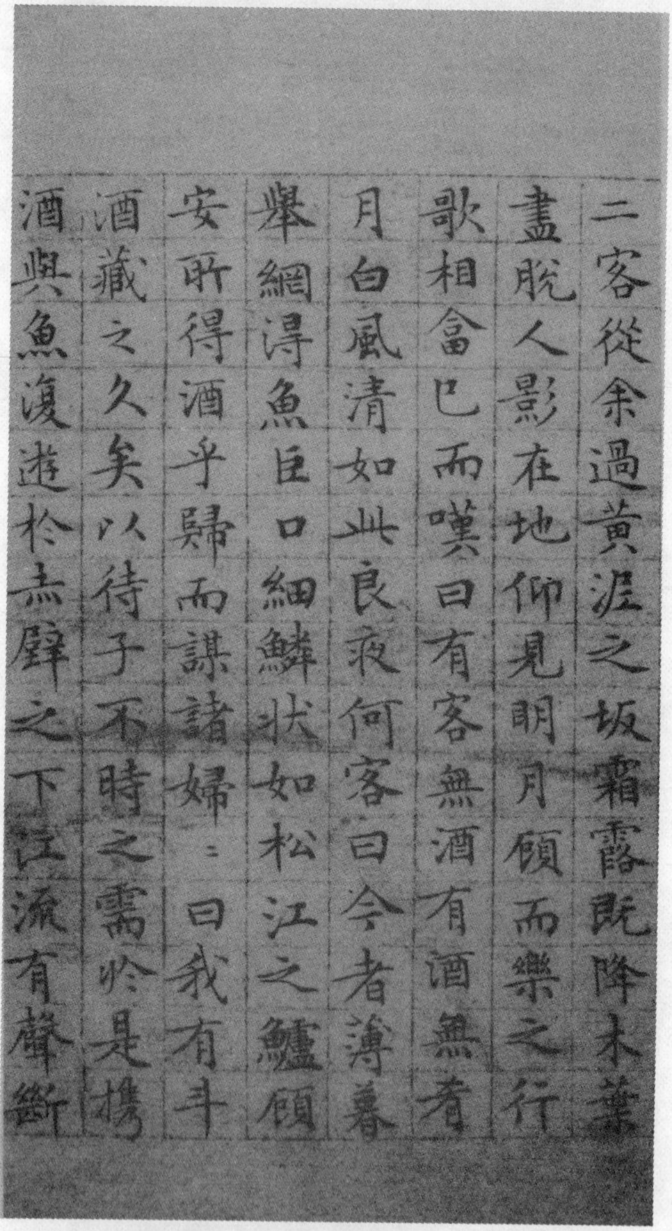

二客從余過黃泥之坂霜露既降木葉
盡脫人影在地仰見明月頋而樂之行
歌相荅巳而嘆曰有客無酒有酒無肴
月白風清如此良夜何客曰今者薄暮
舉網得魚巨口細鱗狀如松江之鱸顧
安所得酒乎歸而謀諸婦婦曰我有斗
酒藏之久矣以待子不時之需於是攜
酒與魚復遊於赤壁之下江流有聲斷

63 明·文徵明《赤壁赋》

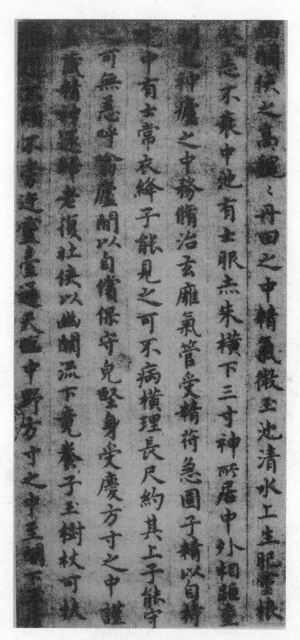

64　明·祝允明《临黄庭经》

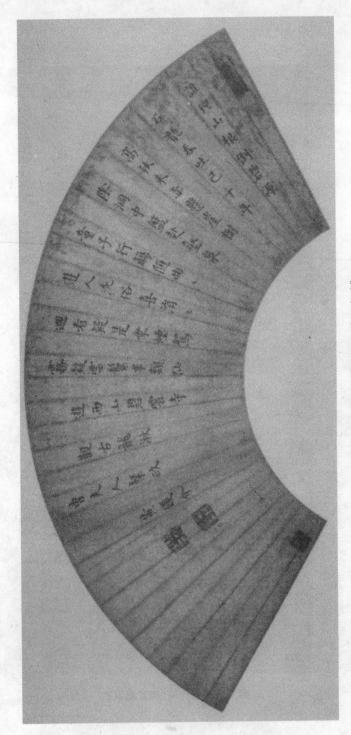

65 明·黄媛介《游西山碧云寺诗》

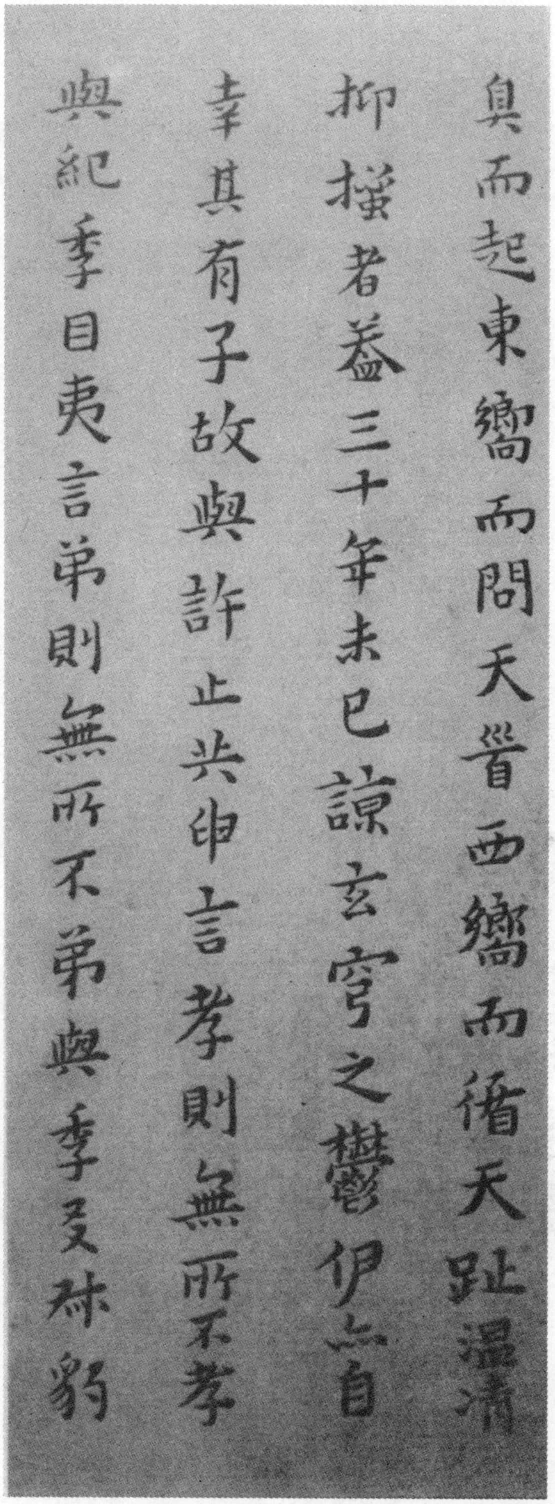

臭而起東嚮而問天昝西嚮而循天趾溫清
柳擇者蓋三十年未巳諒玄穹之鬱伊㸃自
幸其有子故與許止共申言孝則無所不孝
與紀季目夷言弟則無所不弟與季受柎豹

66　明·黄道周《孝经颂》

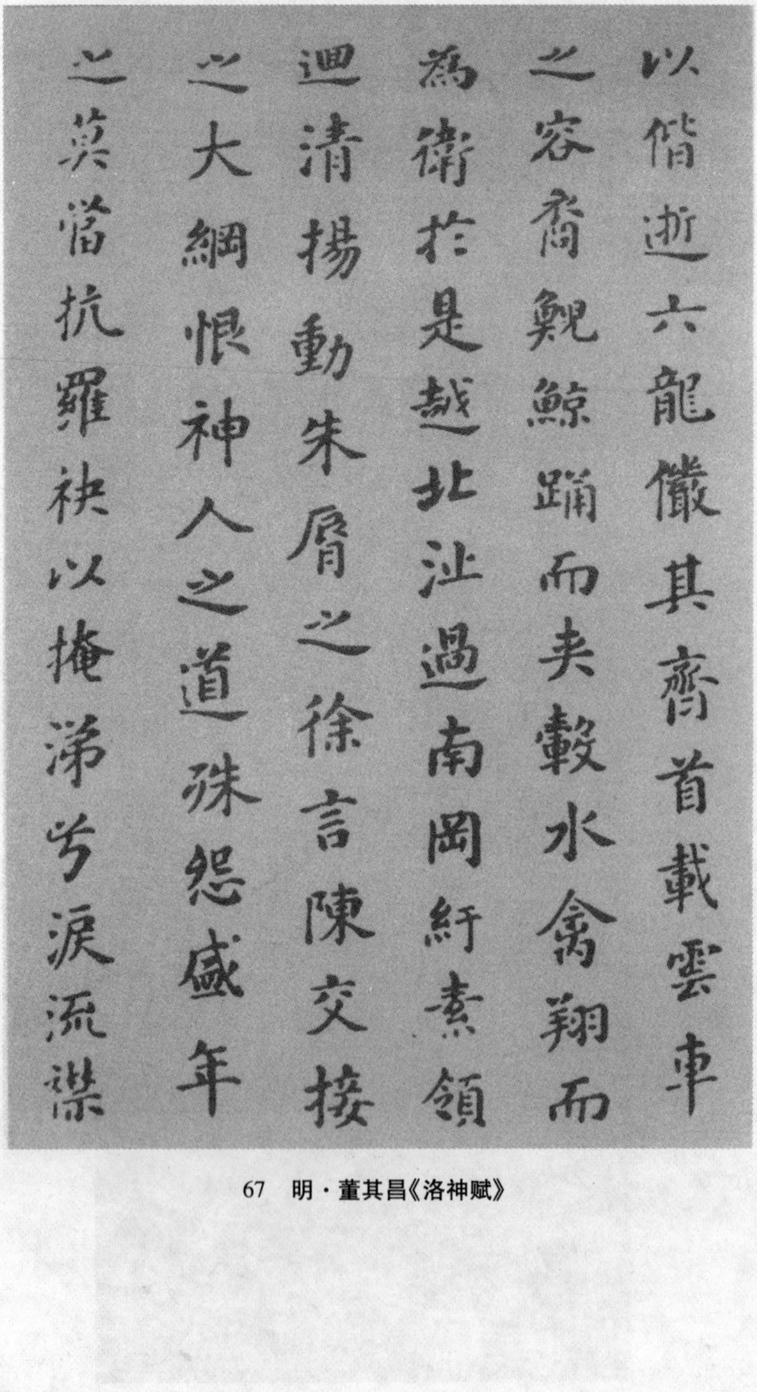

之英当抗罗袂以掩涕兮泪流襟

之大纲恨神人之道殊怨盛年

迎清扬动朱唇之徐言陈交接

为卫于是越北沚过南冈纡素领

之容裔鲸鲵踊而夹毂水禽翔而

以偕逝六龙俨其齐首载云车

67 明·董其昌《洛神赋》

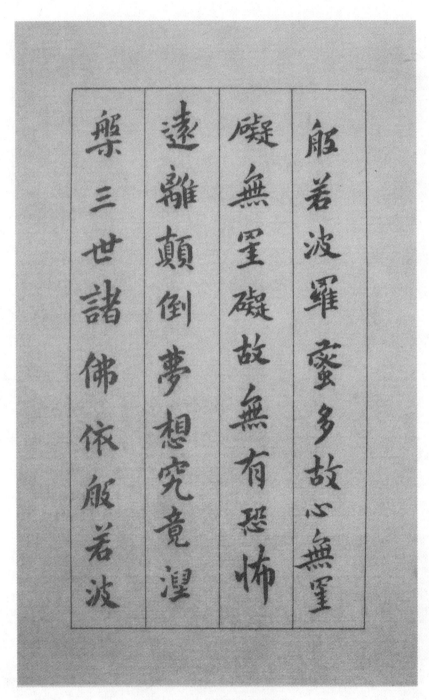

68　清·傅山《心经》

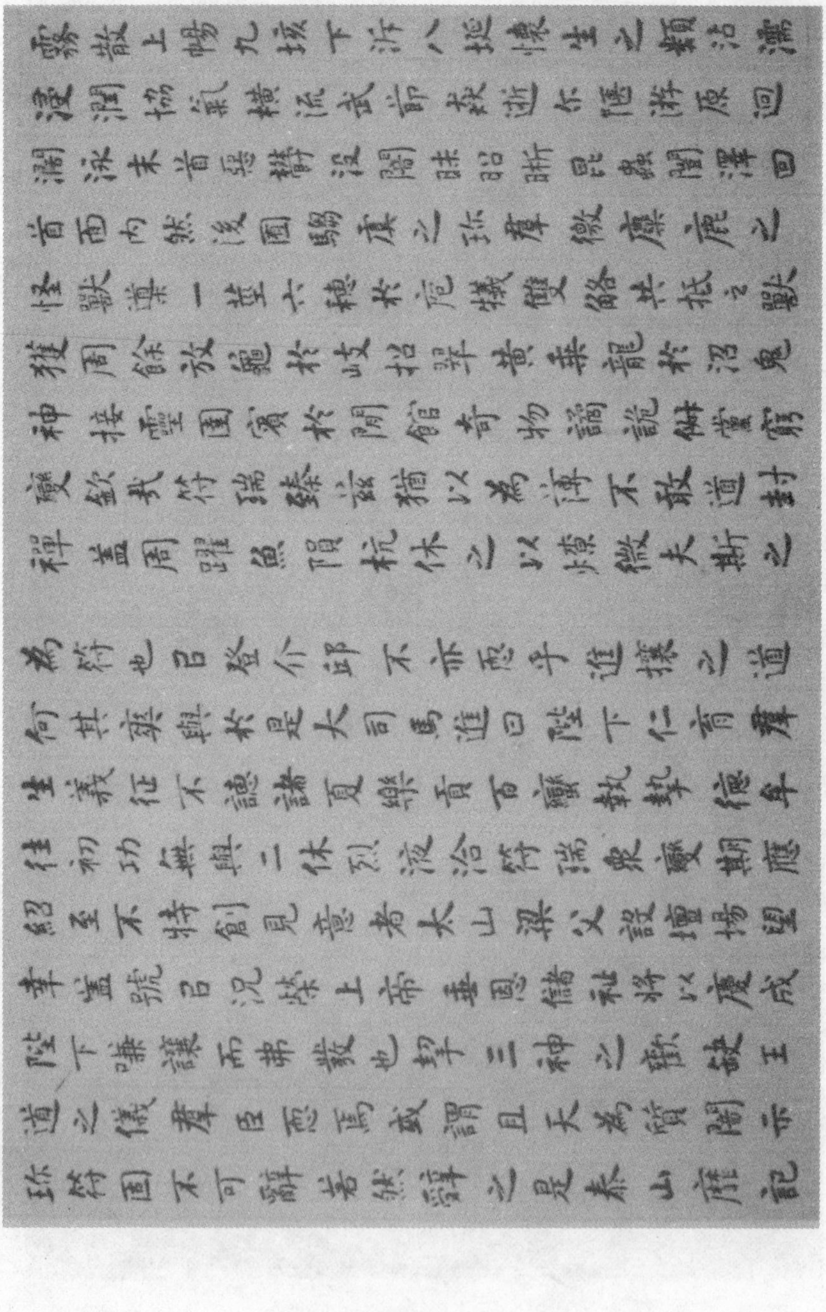

69 清·何绍基《封禅书》

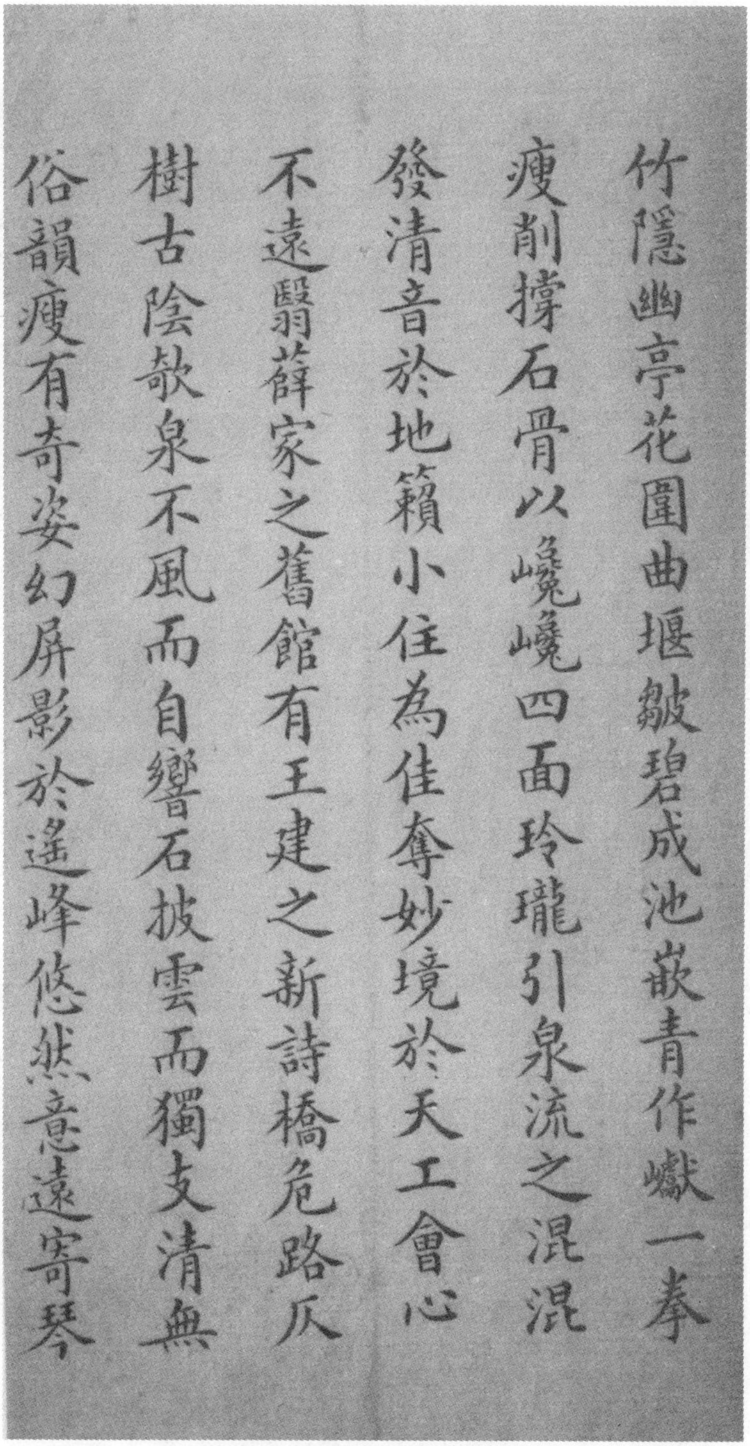

竹隱幽亭花圍曲堰皺碧成池嵌青作巘一拳

瘦削撐石骨以巉巉四面玲瓏引泉流之混混

發清音於地籟小住為佳奪妙境於天工會心

不遠翳薛家之舊館有王建之新詩橋危路仄

樹古陰敧泉不風而自響石披雲而獨支清無

俗韻瘦有奇姿幻屏影於遙峰悠然意遠寄琴

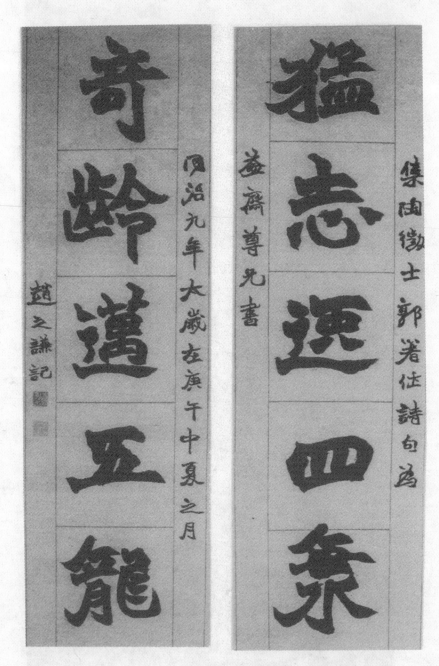

71　清·赵之谦楷书楹联

72　清·铁保《临唐碑》

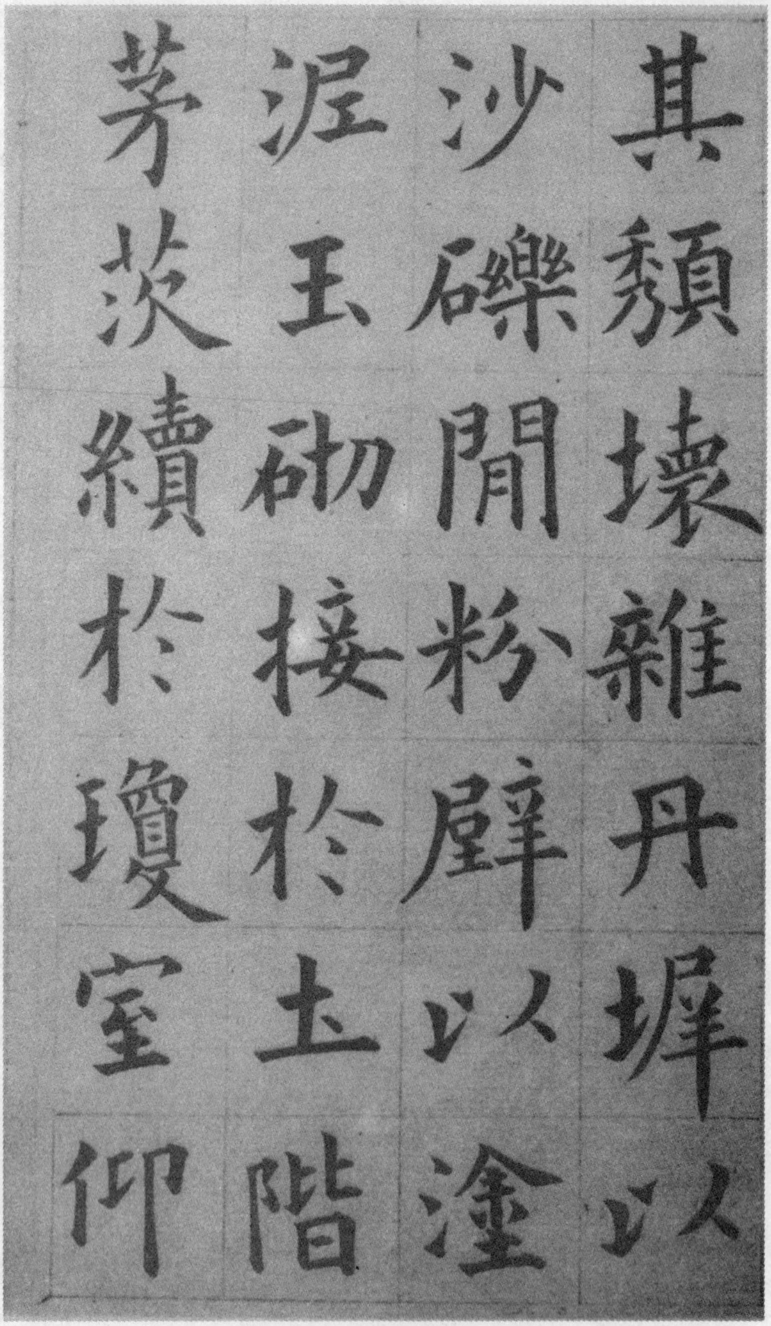

其頹壞雜丹墀以
沙礫閒粉壁以塗
淖玉砌接於墀土階
芳茨續於瓊室仰

73　清·成亲王《临唐碑》

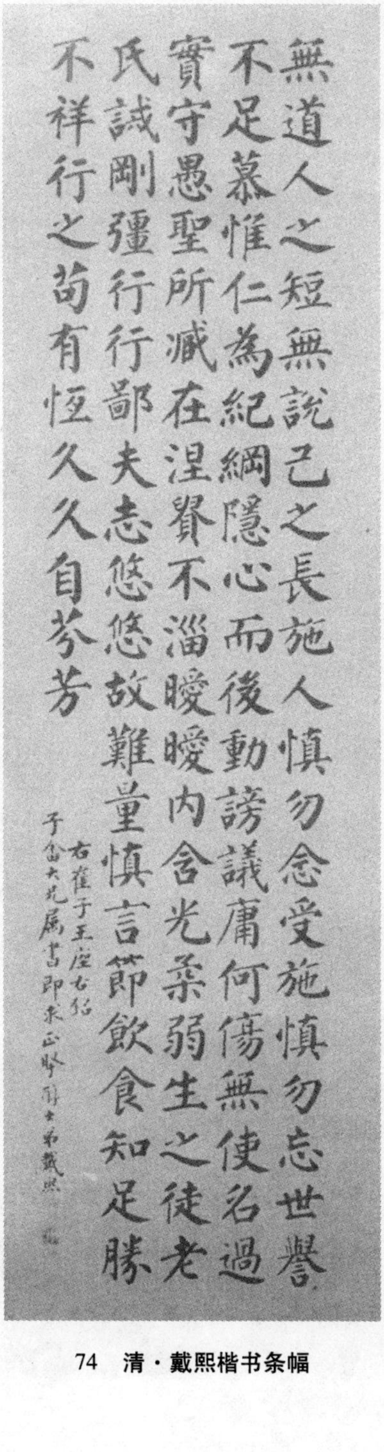

無道人之短無說己之長施人慎勿念受施慎勿忘世譽
不足慕惟仁為紀綱隱心而後動謗議庸何傷無使名過
實守愚聖所減在涅貴不淄曖曖內含光柔弱生之徒老
氏誠剛彊行行鄙夫志悠悠故難量慎言節飲食知足勝
不祥行之苟有恆久久自芬芳

古崔子玉座右銘

于仚大兄屬書即求正腕月山南戴熙

74　清·戴熙楷书条幅

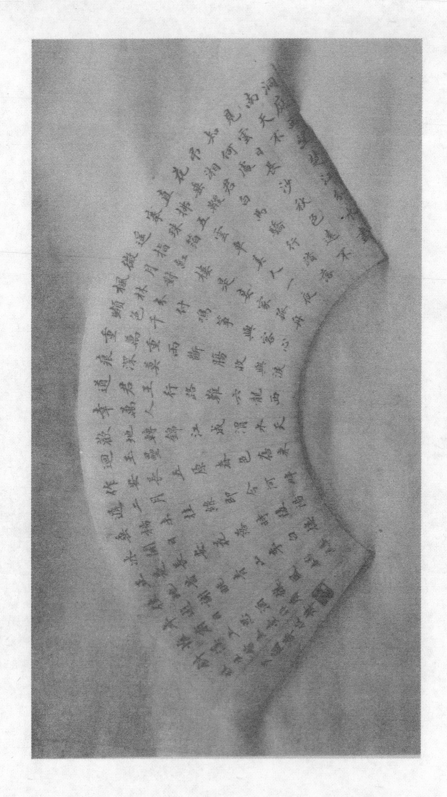

75　清·华少兰楷书扇面

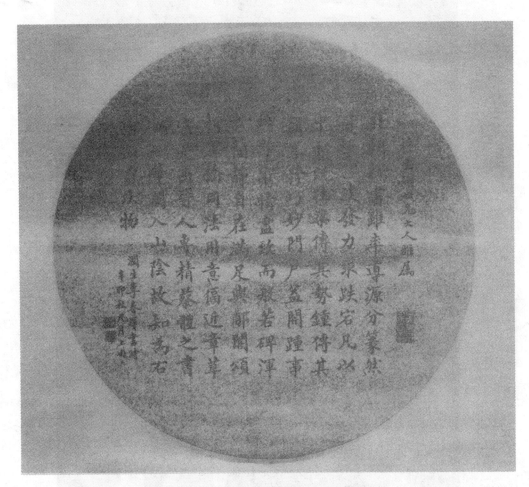

76 清·李春泽楷书扇面

77　华世奎《双烈女碑记》

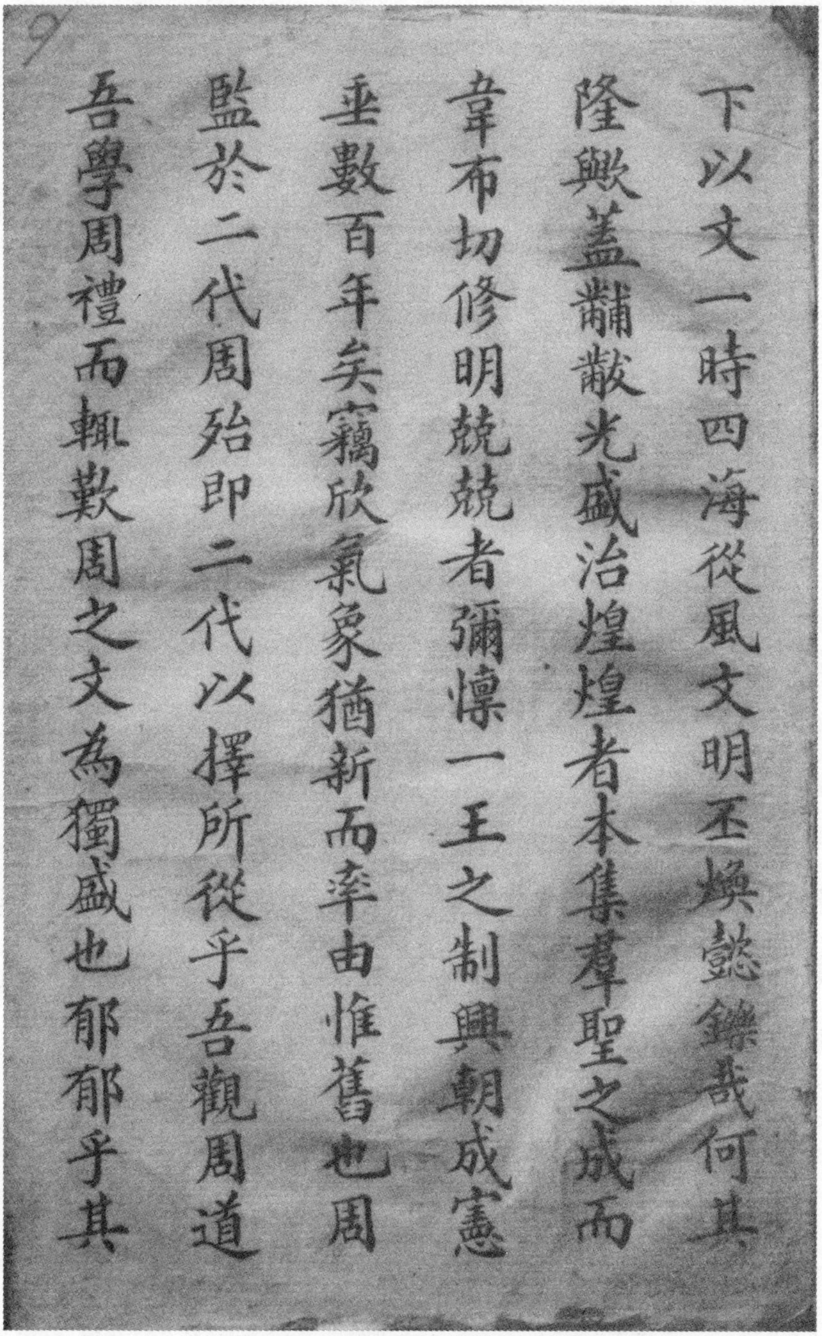

下以文一時四海從風文明丕煥懿鑠哉何其
隆歟蓋黼黻光盛治煌煌者本集羣聖之成而
韋布切修明兢兢者彌懍一王之制興朝成憲
垂數百年矣竊欣氣象猶新而率由惟舊也周
監於二代周殆即二代以擇所從于吾觀周道
吾學周禮而輙歟周之文為獨盛也郁郁乎其

78　辛树人《文论残稿》

79 陈钟年《南运河下游疏浚纪念碑》

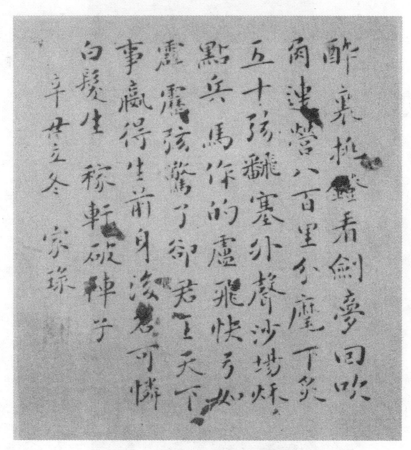

80　吴玉如《辛稼轩词：破阵子》

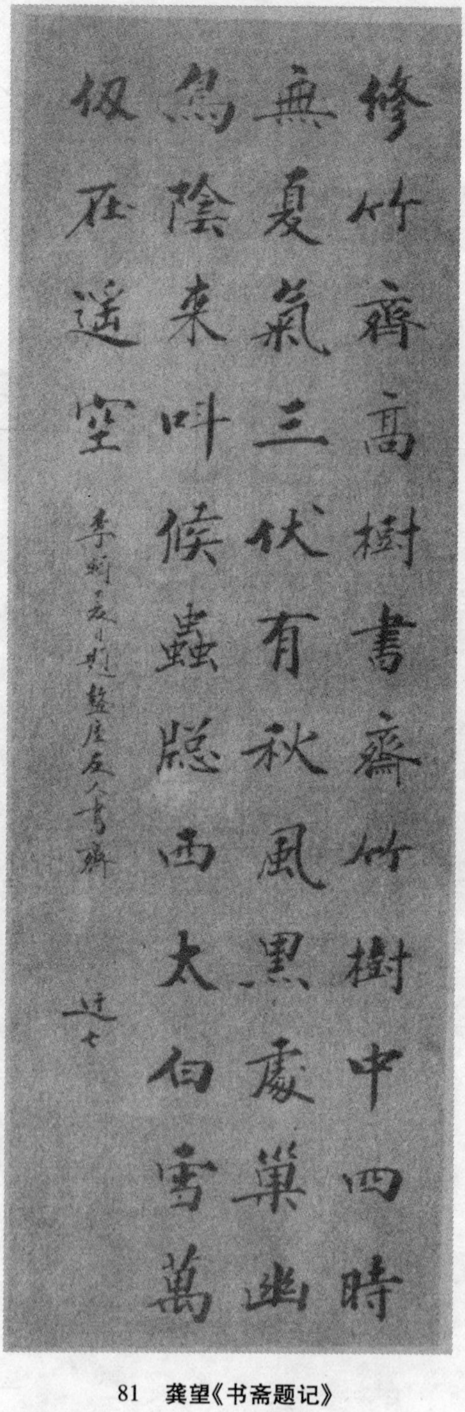

修竹齋高樹書齋竹樹中四時
無夏氣三伏有秋風黑處巢幽
為陰來叫候蟲總西太白雪萬
极在遥空

季刻春月趙盦庄左八書科

逸七

81　龚望《书斋题记》

82　辛一夫盘山摩崖石刻

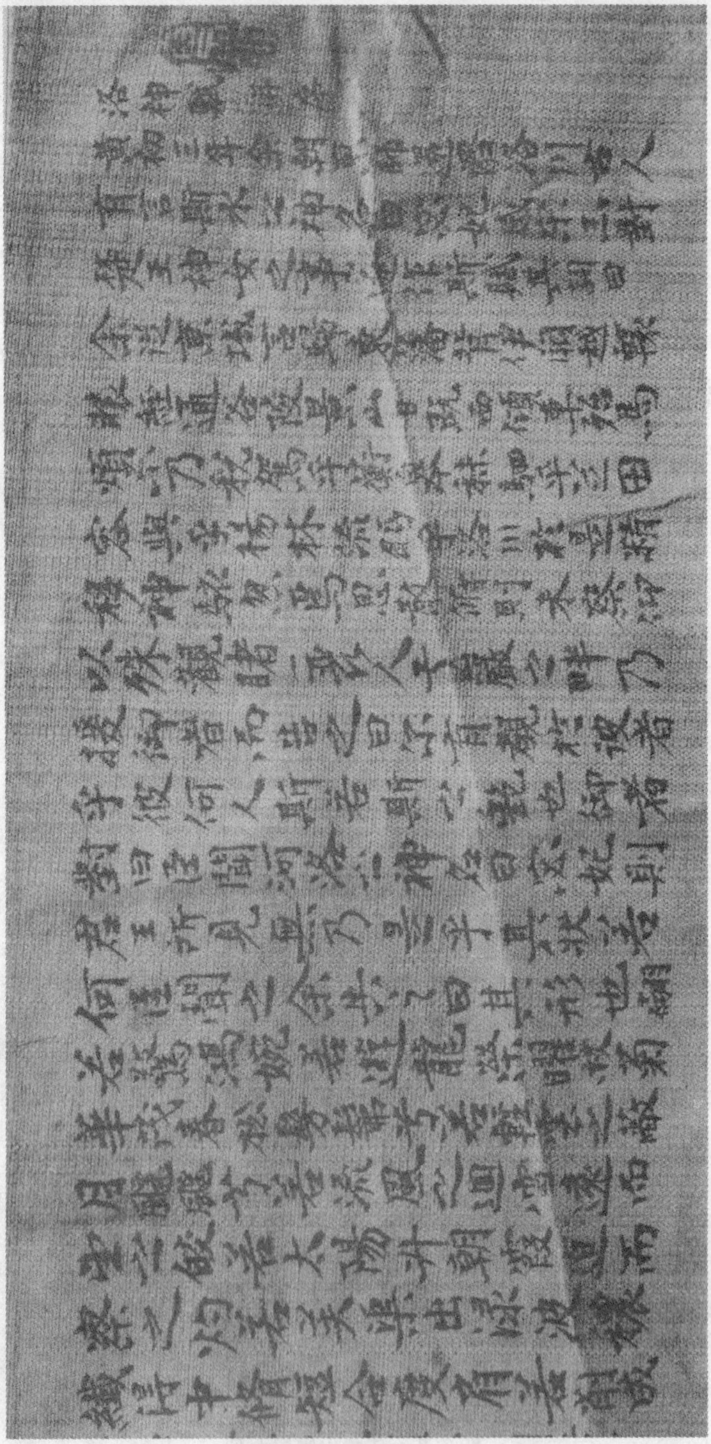

83-1 辛一夫《洛神赋》(一)

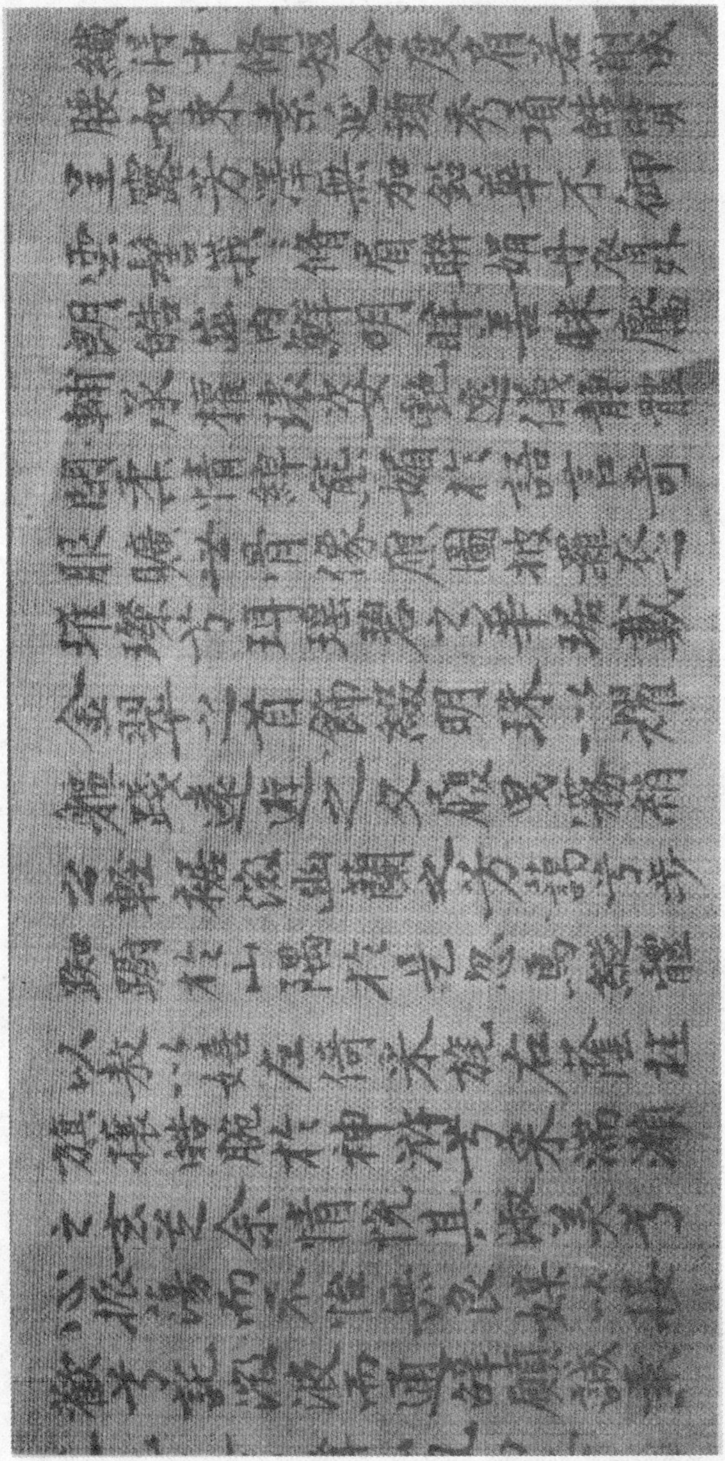

83-2 辛一夫《洛神赋》(二)

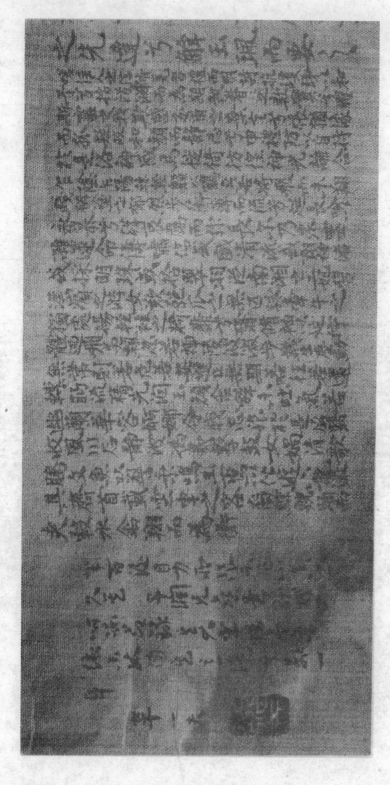

83-3 辛一夫《洛神赋》(三)